TARTARIN DE TARASCON

Paru dans Le Livre de Poche :

LETTRES DE MON MOULIN.
LE PETIT CHOSE.
JACK.
CONTES DU LUNDI.

Dans Le Livre de Poche Jeunesse :

TARTARIN DE TARASCON.
LETTRES DE MON MOULIN.

ALPHONSE DAUDET

AVENTURES PRODIGIEUSES DE

Tartarin de Tarascon

PRÉFACE D'YVES BERGER

COMMENTAIRES ET NOTES
DE LOUIS FORESTIER

LE LIVRE DE POCHE

Louis Forestier, professeur à l'Université de Paris X-Nanterre, s'est spécialisé dans l'étude du symbolisme et du naturalisme. On lui doit l'édition des *Contes et Nouvelles* de Maupassant (2 vol., bibliothèque de la Pléiade) ainsi que divers articles sur cet auteur. Il est responsable de l'équipe *Rimbaud* rattachée au C.N.R.S.; il a publié de nombreux livres, articles ou éditions sur la poésie française des années 1870-1890 (Cros, Nouveau, Rimbaud, Verlaine).

PRÉFACE

UN échec à sa parution en 1872 – comme aussi *Les Lettres de mon moulin* et ce drame sur une musique de Bizet, *L'Arlésienne*, à croire que Daudet conteur provençal ne serait jamais un écrivain national – *Tartarin de Tarascon* s'est, par la suite, vendu immensément et Tartarin, ce nom propre (prénom ou patronyme, on ne sait pas) est devenu nom commun, ce qui est le sommet de la gloire. Nom commun qui a fait des petits : sur tartarin, qui s'y prête, une famille de mots s'est calquée, un verbe : tartariner, un substantif : tartarinade...

Or, à cette gloire, ce n'est pas assez dire qu'une Provence revêche et indignée longtemps refusa de se prêter. Les biographes de Daudet (et Daudet lui-même) racontent que la ville de Tarascon mais aussi bien le Midi méditerranéen ne se reconnurent point ni dans Tartarin ni dans le tableau que de leurs mœurs le livre offrait. Quelques tartarins, qui ne le savaient pas, s'étaient juré de faire la peau de Daudet. Tartarinades, dira-t-on. Oui, mais si l'on en croit Jacques Rouré[1], on a crié « A mort ! » sur le passage du Nîmois et à Tarascon, malgré le vénéré Frédéric Mistral, qui l'accompagnait, on lui lança des pierres tandis qu'on faillit précipiter, dans le Rhône, certain jour, un quidam qui lui

1. *Alphonse Daudet*, par Jacques Rouré. Ed. Julliard, 1982.

ressemblait. Ses amis exhortaient celui qui était « monté » à Paris à ne pas redescendre : « Gardez-vous de venir au moulin. Tout Tarascon est sur pied, écumant de fureur... Méfiez-vous, cher Maître... » Certains, bons psychologues, avanceront que les Provençaux en général et les Tarasconnais en particulier ne se fussent point à ce point excités si Daudet, d'une plume qui relève du scalpel, ne les avait avec justesse mis à nu. Sans doute.

Reste que l'Avignonnais que j'étais – et Tarascon est à vingt kilomètres de ma ville natale –, qui a passé vingt ans en Avignon quasiment sans en sortir (dont les quatre années de guerre où, faute de nouveautés dans les librairies, on s'abonnait beaucoup aux bibliothèques) reste que cet Avignonnais féru de Provence, s'il avait tout lu de Mistral, de Joseph d'Arbaud, de Paul Arène et de Pagnol, avait tout lu de Daudet sauf *Tartarin de Tarascon*. Je n'ai pas souvenir que nos maîtres du primaire ou du secondaire, qui nous avaient révélé *Le Petit Chose, Les Lettres de mon moulin* et *Les Contes du lundi*, aient jamais tenu que nous fussions aussi des lecteurs de *Tartarin de Tarascon*. De sorte que je l'ai découvert alors que je n'étais plus un jeune homme mais un homme jeune. Et à Paris, de surcroît, ce qui provoque en moi la réprobation du Provençal que je demeure.

Reste encore et enfin que *Tartarin de Tarascon*, relu ces temps derniers, me frappe par l'extraordinaire vigueur de sa charge et je me dis que, ma foi, les Tarasconnais et les Provençaux n'avaient pas besoin d'avoir la tête si près du bonnet pour, si je puis dire, sentir la moutarde leur monter au nez. Sympathique, Tartarin, je veux bien. C'est ce qu'on dit en général d'un malheureux, d'un être qui n'a pas de chance et n'est pas loin de provoquer un peu de pitié... Alors, pitoyables Tartarin et les Tarasconnais ?

Moqués, en tout cas, les habitants de la petite ville qui, par défaut de gibier (pas de grives et pas de merles non plus) déchargent leurs pétoires sur des casquettes, selon les rites et l'arroi de la chasse sérieuse et de ces casquettes en lambeaux tirent fierté comme d'un cerf rusé abattu au soir d'une course longue et incertaine; moqués dans leurs notables : l'armurier Castecalde, le pharmacien Bézuquet, « le vieux président Ladevèze », tous vaguement ridicules; moqués dans leurs passe-temps (les soirées musicales chez Mme Bézuquet mère); moqués dans leur admiration et leur jugement : ils prêtent à Tartarin, qui fait le fort et le beau, des « doubles muscles » et prennent un arbre de son jardin, gros comme un navet, pour un baobab; moqués dans leur connaissance du monde : « Pour Tarascon, l'Algérie, l'Afrique, la Grèce, la Perse, la Turquie, la Mésopotamie, tout cela forme un grand pays très vague, presque mythologique, et cela s'appelle *les Teurs* (les Turcs) »; moqués dans leur comportement : ils s'enfuient à entendre rugir un lion encagé; moqués dans leur bon sens : ils croient que Tartarin est un grand chasseur de lions et font de lui un héros quand il n'a jamais tué qu'un fauve apprivoisé, quasiment domestique. *Tartarin de Tarascon* annonce *Clochemerle* avec, en moins et par bonheur, ce quelque chose de graveleux qui est dans le roman de Gabriel Chevalier.

Moqués les Tarasconnais, mais que dire alors de Tartarin, leur compatriote, leur « pays »! Proprement ridiculisé. Pulvérisé. Un Provençal qui ne cesse, par le jeu des situations cocasses où Daudet l'empêtre, d'aller de plus en plus loin (ou bas) dans la naïveté ou la bouffonnerie. Sa maison, sa manière de s'habiller, ses rêves, sa façon de penser, de se conduire, tout est prétexte, pour Daudet, à charge et décapage et ce n'est pas à l'encre qu'il écrit, mais au vitriol.

De qui s'agit-il? D'un matamore à l'étroit dans la petite ville de son petit pays et qui se projette dans « la vraie vie » dont chacun sait, depuis Rimbaud, qu'elle est « ailleurs ». Rêve romantique – *Tartarin de Tarascon* est une charge contre le romantisme dégénéré en romanesque – que Flaubert, l'ami de Daudet, avait fustigé dans *Madame Bovary.* Et dans cet « ailleurs », Tartarin rêve d'exploits. Mais il n'est même jamais allé à Marseille ! Mais il ne s'est que rarement rendu à Beaucaire, que de Tarascon l'on atteint en franchissant un pont un peu branlant et Tartarin a peur de tomber dans le Rhône ! Un pleutre. Enfiévré par des visions de batailles, d'ennemis terrorisés, de gibier abattu, il passe ses soirées à jouer au bézigue ! S'il gagne l'Algérie, pour traquer le lion (en 1870, il n'existe plus depuis longtemps...), c'est contraint et forcé. Dans le désarroi et l'accablement.

Au cours de la traversée de Marseille à Alger, vers le « pays des lions », ce grotesque souffre, comme le vulgaire, du mal de mer et sur la couche où il gît, tout habillé de ses « fusils rayés à double canons », il gémit; à l'arrivée à Alger, Tartarin prendra des portefaix pour des pirates (Ah ! les romans d'aventures mal assimilés !) et il croit que s'éloigner, pour le Sud, des faubourgs de la ville, lui suffit pour se trouver en plein désert, de sorte que dans un jardin potager il se pense en plein Sahara et tire là, sans le voir, confondant rugissement et braiement, l'âne qu'il imagine un lion ! Oui, comment à Tarascon et en Provence, ne point s'être offusqué ?

Nous ne dirons pas tout ce qui suit : « le pemmican en tablettes » (!) que Tartarin porte sur lui dans l'hypothèse d'une disette; le prince monténégrin, faux prince mais escroc vrai, qui le vole; la jeune femme arabe dont il s'éprend, qui le gruge et dont il découvrira, aux termes de son aventure, qu'elle parle le provençal comme lui : « Digo – li qué vengué, moun bon ! »... Le pauvre homme, atterré, se laissa choir sur un tambour. Sa Mauresque savait même le marseillais ! »; sa quête du lion, parodie de la quête du Graal et qui aboutira non pas à un massacre de fauves mais à l'assassinat d'un lion-toutou apprivoisé et, en outre, sacré; le retour de Sidi Tar'ri ben Tar'ri à Tarascon enfin où tout un peuple transporté d'admiration et de joyeuse bêtise accueille en héros celui qui, tout au long de sa vie, n'aura suscité l'amour de personne sauf de ce chameau que l'on voit se jeter dans la rade d'Alger à la suite et à l'improviste du maître ingrat qui voulait s'en débarrasser et, encore, après avoir couru derrière le train qui ramène Tartarin de Marseille à Tarascon, descendre « à cloche-pied » les marches de la petite gare : preuve pour les pauvres indigènes que Tartarin est bien allé chez les *Teurs* là-bas; là-bas d'où ils ont reçu, qu'ils ont pris pour celle d'un vrai lion, la peau du lion apprivoisé... Corrosif, *Tartarin de Tarascon* est un joyeux roman triste.

Un seul adjectif pour qualifier l'art d'Alphonse Daudet : merveilleux. Nous ne prendrions pas à *Tartarin de Tarascon,* livre comique, cocasse, bouffon, burlesque et féroce, livre triste (j'insiste), livre-farce, l'immense plaisir de lecture qu'il donne, si Daudet n'était un maître-écrivain. Et pour croire à son héros, à ses aventures, les croire comme si nous y étions, il lui en fallait, de l'art, à Daudet !

Daudet, dont le vocabulaire est riche et l'expression belle : son héros, qui dort tout habillé dans ses armes de pacotille, ne se « défuble » pas; les filles de Provence viennent « en croupe de leur galant »; le chameau « affiche » Tartarin (pour dire que l'on remarque l'homme à cause de l'animal) et j'ai noté ce néologisme : *yataganerie.* Daudet excelle à accoler à ses substantifs des adjectifs qui les contredisent. C'est le ressort de son comique. La « moue » de Tartarin est « terrible » et « bonasse » sa « férocité ». Il pratique à fond l'antinomie : le physique de bon gros de Tartarin et son univers mental tout exalté, et encore l'antinomie du rêve (flamboyant) et de la réalité (terre à terre), l'antinomie du monde (la planète tout entière) et de Tarascon (un village), l'antinomie du nomadisme et de la sédentarité (ce coureur de chemins ne bouge pas de chez lui)... Daudet écrit : « ... Depuis la chasse à la casquette jusqu'à la chasse au tigre humain » et ce maître en rhétorique connaît l'effet de la répétition : « le brave commandant Bravida », à chaque fois qu'il est nommé, c'est toujours comme « ancien capitaine d'habillement ». Daudet use de la métonymie avec beaucoup de sûreté : ce ne sont pas les soldats en garnison qui se révèlent favorables à Tartarin mais « l'armée », ce qui en impose.

Sa description du port de Marseille est superbe, son Orient irrésistible (le contraire de celui de Pierre Loti, contemporain de Daudet). *Vers Ispahan,* non, vers Tarascon. De ce roman de la désillusion, je ne citerai, faute de place, qu'un passage :

« La nuit arriva. Le rose de la nature passa au violet, puis au bleu sombre... En bas, dans les cailloux de la rivière, luisait comme un miroir à main une petite flaque d'eau claire. C'était l'abreuvoir des fauves. Sur la pente de l'autre berge, on voyait vaguement le sentier blanc que leurs grosses pattes avaient tracé dans les lentisques. Cette pente mystérieuse donnait le frisson. Joignez à cela le fourmillement vague des nuits africaines, branches frôlées, pas de velours d'animaux rôdeurs, aboiements grêles des chacals, et là-haut, dans le ciel, à cent, deux cents mètres, de grands troupeaux de grues qui passaient avec des cris d'enfants qu'on égorge; vous avouerez qu'il y avait de quoi être ému. » Il y a dix et vingt pages de cette espèce.

On tire de *Tartarin de Tarascon* ce « plaisir extrême » que La Fontaine disait prendre à *Peau d'Ane,* mais le plaisir est moins innocent qu'on eût cru (les bachaghas, cadis et caïds, tous chefs cruels et avides sur lesquels s'appuie l'administration française, sont fustigés) et plus fort et vrai qu'on eût pu l'imaginer à propos d'un livre qui fait d'Alphonse Daudet l'égal de Flaubert et de Zola, ses contemporains, ses amis.

YVES BERGER

« En France, tout le monde est un peu de Tarascon »

A mon ami Gonzague Privat[1].

PREMIER ÉPISODE

A TARASCON

1

LE JARDIN DU BAOBAB

MA première visite à Tartarin de Tarascon est restée dans ma vie comme une date inoubliable; il y a douze ou quinze ans de cela, mais je m'en souviens mieux que d'hier. L'intrépide Tartarin habitait alors, à l'entrée de la ville, la troisième maison à main gauche sur le chemin d'Avignon. Jolie petite villa tarasconnaise avec jardin devant, balcon derrière, des murs très blancs, des persiennes vertes, et sur le pas de la porte une nichée de petits Savoyards[1] jouant à la marelle ou dormant au bon soleil, la tête sur leurs boîtes à cirage.

Du dehors, la maison n'avait l'air de rien.

Jamais on ne se serait cru devant la demeure d'un héros. Mais, quand on entrait, coquin de sort !...

De la cave au grenier, tout le bâtiment avait l'air héroïque, même le jardin !...

Oh ! le jardin de Tartarin, il n'y en avait pas deux comme celui-là en Europe. Pas un arbre du pays, pas une fleur de France; rien que des plantes exotiques, des gommiers, des calebassiers, des cotonniers, des cocotiers, des manguiers, des bananiers, des palmiers, un baobab, des nopals, des cactus, des figuiers de Barbarie, à se croire en pleine Afrique centrale, à dix mille lieues de Tarascon. Tout cela, bien entendu, n'était pas de grandeur naturelle; ainsi les cocotiers n'étaient guère plus gros que des betteraves, et le baobab *(arbre géant, arbor gigantea)* tenait à l'aise dans un pot de réséda; mais c'est égal! pour Tarascon, c'était déjà bien joli, et les personnes de la ville, admises le dimanche à l'honneur de contempler le baobab de Tartarin, s'en retournaient pleines d'admiration.

Pensez quelle émotion je dus éprouver ce jour-là en traversant ce jardin mirifique!... Ce fut bien autre chose quand on m'introduisit dans le cabinet du héros.

Ce cabinet, une des curiosités de la ville, était au fond du jardin, ouvrant de plain-pied sur le baobab par une porte vitrée.

Imaginez-vous une grande salle tapissée de fusils et de sabres, depuis en haut jusqu'en bas; toutes les armes de tous les pays du monde : carabines, rifles, tromblons, couteaux corses, couteaux catalans, couteaux revolvers, couteaux poignards, kriss malais[1], flèches caraïbes, flèches de silex, coups-de-poing, casse-tête, massues hottentotes, lassos mexicains, est-ce que je sais?

Par là-dessus, un grand soleil féroce qui faisait luire l'acier des glaives et les crosses des armes à feu, comme pour vous donner encore plus la chair de poule... Ce qui rassurait un peu pourtant, c'était le bon air d'ordre et de propreté qui régnait sur toute cette yataganerie. Tout y était rangé, soigné, brossé, étiqueté comme dans une pharmacie; de loin en loin, un petit écriteau bonhomme sur lequel on lisait :

Flèches empoisonnées, n'y touchez pas !

Ou :

Armes chargées, méfiez-vous !

Sans ces écriteaux, jamais je n'aurais osé entrer.

Au milieu du cabinet, il y avait un guéridon. Sur le guéridon, un flacon de rhum, une blague turque, les *Voyages* du capitaine Cook, les romans de Cooper, de Gustave Aimard[1], des récits de chasse : chasse à l'ours, chasse au faucon, chasse à l'éléphant, etc. Enfin, devant le guéridon, un homme était assis, de quarante à quarante-cinq ans, petit, gros, trapu, rougeaud, en bras de chemise, avec des caleçons de flanelle, une forte barbe courte et des yeux flamboyants; d'une main il tenait un livre, de l'autre il brandissait une énorme pipe à couvercle de fer, et, tout en lisant je ne sais quel formidable récit de chasseurs de chevelures, il faisait, en avançant sa lèvre inférieure, une moue terrible, qui donnait à sa brave figure de petit rentier tarasconnais ce même caractère de férocité bonasse qui régnait dans toute la maison.

Cet homme, c'était Tartarin, Tartarin de Tarascon, l'intrépide, le grand, l'incomparable Tartarin de Tarascon.

2

COUP D'ŒIL GÉNÉRAL JETÉ SUR LA BONNE VILLE DE TARASCON LES CHASSEURS DE CASQUETTES

Au temps dont je vous parle, Tartarin de Tarascon n'était pas encore le Tartarin qu'il est aujourd'hui, le grand Tartarin de Tarascon si populaire dans tout le Midi de la France. Pourtant — même à cette époque — c'était déjà le roi de Tarascon.

Disons d'où lui venait cette royauté.

Vous saurez d'abord que là-bas tout le monde est chasseur, depuis le plus grand jusqu'au plus petit. La chasse est la passion des Tarasconnais, et cela depuis les temps mythologiques où la Tarasque faisait les cent coups dans les marais de la ville et où les Tarasconnais d'alors organisaient des battues contre elle. Il y a beau jour, comme vous voyez.

Donc, tous les dimanches matin, Tarascon prend les armes et sort de ses murs, le sac au dos, le fusil sur l'épaule, avec un tremblement de chiens, de furets, de trompes, de cors de chasse.

C'est superbe à voir... Par malheur, le gibier manque, il manque absolument.

Si bêtes que soient les bêtes, vous pensez bien qu'à la longue elles ont fini par se méfier.

A cinq lieues autour de Tarascon, les terriers sont vides, les nids abandonnés. Pas un merle, pas une caille, pas le moinde lapereau, pas le plus petit cul-blanc.

Elles sont cependant bien tentantes ces jolies collinettes tarasconnaises, toutes parfumées de myrte, de lavande, de romarin; et ces beaux raisins muscats gonflés de sucre, qui s'échelonnent au bord du Rhône, sont diablement appétissants aussi... Oui, mais il y a Tarascon derrière, et, dans le petit monde du poil et de la plume, Tarascon est très mal noté. Les oiseaux de passage eux-mêmes l'ont marqué d'une grande croix sur leurs feuilles de route, et quand les canards sauvages, descendant vers la Camargue en longs triangles, aperçoivent de loin les clochers de la ville, celui qui est en tête se met à crier bien fort : « Voilà Tarascon, voilà Tarascon ! » et toute la bande fait un crochet.

Bref, en fait de gibier, il ne reste plus dans le pays qu'un vieux coquin de lièvre, échappé comme par miracle aux septembrisades tarasconnaises et qui s'entête à vivre là ! A Tarascon, ce lièvre est très connu. On lui a donné un nom. Il s'appelle *le Rapide.* On sait qu'il a son gîte dans la terre de M. Bompard – ce qui, par parenthèse, a doublé et même triplé le prix de cette terre –, mais on n'a pas encore pu l'atteindre.

A l'heure qu'il est même, il n'y a plus que deux ou trois enragés qui s'acharnent après lui.

Les autres en ont fait leur deuil, et *le Rapide* est passé depuis longtemps à l'état de superstition locale, bien que le Tarasconnais soit très peu superstitieux de sa nature et qu'il mange les hirondelles en salmis, quand il en trouve.

Ah çà ! me direz-vous, puisque le gibier est si rare à Tarascon, qu'est-ce que les chasseurs tarasconnais font donc tous les dimanches ?

Ce qu'ils font ?

Eh, mon Dieu ! ils s'en vont en pleine campagne, à deux ou trois lieues de la ville. Ils se réunissent par petits groupes de cinq ou six, s'allongent tranquillement à l'ombre d'un puits, d'un vieux mur, d'un olivier, tirent de leurs carniers un bon morceau de bœuf en daube, des oignons crus, un *saucissot*, quelques anchois, et commencent un déjeuner interminable, arrosé d'un de ces jolis vins du Rhône qui font rire et qui font chanter.

Après quoi, quand on est bien lesté, on se lève, on siffle les chiens, on arme les fusils, et on se met en chasse. C'est-à-dire que chacun de ces messieurs prend sa casquette, la jette en l'air de toutes ses forces, et la tire au vol avec du 5, du 6 ou du 2 – selon les conventions.

Celui qui met le plus souvent dans sa casquette est proclamé roi de la chasse et rentre le soir en triomphateur à Tarascon, la casquette criblée au bout du fusil, au milieu des aboiements et des fanfares.

Inutile de vous dire qu'il se fait dans la ville un

grand commerce de casquettes de chasse. Il y a même des chapeliers qui vendent des casquettes trouées et déchirées d'avance à l'usage des maladroits; mais on ne connaît guère que Bézuquet, le pharmacien, qui leur en achète. C'est déshonorant!

Comme chasseur de casquettes, Tartarin de Tarascon n'avait pas son pareil. Tous les dimanches matin, il partait avec une casquette neuve : tous les dimanches soir, il revenait avec une loque. Dans la petite maison du baobab, les greniers étaient pleins de ses glorieux trophées. Aussi, tous les Tarasconnais le reconnaissaient-ils pour leur maître, et comme Tartarin savait à fond le code du chasseur, qu'il avait lu tous les traités, tous les manuels de toutes les chasses possibles, depuis la chasse à la casquette jusqu'à la chasse au tigre birman, ces messieurs en avaient fait leur grand justicier cynégétique et le prenaient pour arbitre dans toutes leurs discussions.

Tous les jours, de trois à quatre, chez l'armurier Costecalde, on voyait un gros homme, grave et la pipe aux dents, assis sur un fauteuil de cuir vert, au milieu de la boutique pleine de chasseurs de casquettes, tous debout et se chamaillant. C'était Tartarin de Tarascon qui rendait la justice, Nemrod doublé de Salomon.

3

« NAN ! NAN ! NAN ! »
SUITE DU COUP D'ŒIL GÉNÉRAL JETÉ SUR LA BONNE VILLE DE TARASCON

A LA passion de la chasse, la forte race tarasconnaise joint une autre passion : celle des romances. Ce qui se consomme de romances dans ce petit pays, c'est à n'y pas croire. Toutes les vieilleries sentimentales qui jaunissent dans les plus vieux cartons, on les retrouve à Tarascon en pleine jeunesse, en plein éclat. Elles y sont toutes, toutes. Chaque famille a la sienne, et dans la ville cela se sait. On sait, par exemple, que celle du pharmacien Bézuquet, c'est :

Toi, blanche étoile que j'adore...

Celle de l'armurier Costecalde :

Veux-tu venir au pays des cabanes ?

Celle du receveur de l'Enregistrement :

Si j'étais-t-invisible, personne n'me verrait.

Chansonnette comique.

Et ainsi de suite pour tout Tarascon. Deux ou trois fois par semaine on se réunit les uns chez les autres et on se *les* chante. Ce qu'il y a de singulier, c'est que ce sont toujours les mêmes, et que, depuis si longtemps qu'ils se les chantent, ces braves Tarasconnais n'ont jamais envie d'en changer. On se les lègue dans les familles, de père en fils, et personne n'y touche; c'est sacré. Jamais même on ne s'en emprunte. Jamais il ne viendrait à l'idée des Costecalde de chanter celle des Bézuquet ni aux Bézuquet de chanter celle des Costecalde. Et pourtant vous pensez s'ils doivent les connaître depuis quarante ans qu'ils se les chantent. Mais non ! chacun garde la sienne et tout le monde est content.

Pour les romances comme pour les casquettes, le premier de la ville était encore Tartarin. Sa supériorité sur ses concitoyens consistait en ceci : Tartarin de Tarascon n'avait pas la sienne. Il les avait toutes.

Toutes !

Seulement c'était le diable pour les lui faire chanter. Revenu de bonne heure des succès de salon, le héros tarasconnais aimait bien mieux se plonger dans ses livres de chasse ou passer sa soirée au cercle que de faire le joli cœur devant un piano de Nîmes entre deux bougies de Tarascon.

Ces parades musicales lui semblaient au-dessous de lui... Quelquefois cependant, quand il y avait de la musique à la pharmacie Bézuquet, il entrait comme par hasard, et, après s'être bien fait prier, consentait à dire le grand duo de *Robert le Diable*[1], avec Mme Bézuquet la mère... Qui n'a pas entendu cela n'a jamais rien entendu... Pour moi, quand je vivrais cent ans, je verrais toute ma vie le grand Tartarin s'approchant du piano d'un pas solennel, s'accoudant, faisant sa moue et, sous le reflet vert des bocaux de la devanture, essayant de donner à sa bonne face l'expression satanique et farouche de Robert le Diable. A peine avait-il pris position, tout de suite le salon frémissait; on sentait qu'il allait se passer quelque chose de grand... Alors, après un silence, Mme Bézuquet la mère commençait en s'accompagnant :

Robert, toi que j'aime
Et qui reçus ma foi,
Tu vois mon effroi (bis),
Grâce pour toi-même
Et grâce pour moi.

A voix basse, elle ajoutait : « A vous, Tartarin », et Tartarin de Tarascon, le bras tendu, le poing fermé, la narine frémissante, disait par trois fois d'une voix formidable, qui roulait comme un coup de tonnerre dans les entrailles du piano : « Non!... non!... non!... », ce qu'en bon Méridional il prononçait : « Nan!... nan!... nan!... » Sur quoi Mme Bézuquet la mère reprenait encore une fois :

Grâce pour toi-même
Et grâce pour moi.

« Nan!... nan!... nan!... » hurlait Tartarin de plus belle, et la chose en restait là... Ce n'était pas long, comme vous voyez : mais c'était si bien jeté, si bien mimé, si diabolique, qu'un frisson de terreur courait dans la pharmacie, et qu'on lui faisait recommencer ses : « Nan!... nan!... » quatre et cinq fois de suite.

Là-dessus, Tartarin s'épongeait le front, souriait aux dames, clignait de l'œil aux hommes et, se retirant sur son triomphe, s'en allait dire au cercle d'un petit air négligent : « Je viens de chez les Bézuquet chanter le duo de *Robert le Diable*! »

Et le plus fort, c'est qu'il le croyait!...

4

ILS!!!

C'EST à ces différents talents que Tartarin de Tarascon devait sa haute situation dans la ville.

Du reste, ce diable d'homme avait su prendre tout le monde.

A Tarascon, l'armée était pour Tartarin. Le brave commandant Bravida, capitaine d'habillement en retraite, disait de lui : « C'est un lapin ! » et vous pensez que le commandant s'y connaissait en lapins, après en avoir tant habillé.

La magistrature était pour Tartarin. Deux ou trois fois, en plein tribunal, le vieux président Ladevèze avait dit, parlant de lui :

« C'est un caractère ! »

Enfin le peuple était pour Tartarin. Sa carrure, sa démarche, son air, son air de bon cheval de trompette qui ne craignait pas le bruit, cette réputation de héros qui lui venait on ne sait d'où, quelques distributions de gros sous et de taloches aux petits décrotteurs étalés devant sa porte, en avaient fait le Lord Seymour de l'endroit, le Roi des halles tarasconnaises[1]. Sur les quais, le dimanche soir, quand Tartarin revenait de la chasse, la casquette au bout du canon, bien sanglé dans sa veste de futaine, les portefaix du Rhône s'inclinaient pleins de respect et, se montrant du coin de l'œil les biceps gigantesques qui roulaient sur ses bras, ils se disaient tout bas les uns aux autres avec admiration :

« C'est celui-là qui est fort!... Il a DOUBLES MUSCLES ! »

DOUBLES MUSCLES?

Il n'y a qu'à Tarascon qu'on entend de ces choses-là !

Et pourtant, en dépit de tout, avec ses nombreux talents, ses doubles muscles, la faveur populaire et l'estime si précieuse du brave commandant Bravida, ancien capitaine d'habillement, Tartarin n'était pas heureux; cette vie de petite ville lui pesait, l'étouffait. Le grand homme de Tarascon s'ennuyait à Tarascon. Le fait est que, pour une nature héroïque comme la sienne, pour une âme aventureuse et folle qui ne rêvait que batailles, courses dans les pampas, grandes chasses, sables du désert, ouragans et typhons, faire tous les dimanches une battue à la casquette et le reste du temps rendre la justice chez l'armurier Costecalde, ce n'était guère... Pauvre cher grand homme ! A la longue, il y aurait eu de quoi le faire mourir de consomption.

En vain, pour agrandir ses horizons, pour oublier un peu le cercle et la place du Marché, en vain s'entourait-il de baobabs et autres végétations africaines; en vain entassait-il armes sur armes, kriss malais sur kriss malais; en vain se bourrait-il de lectures romanesques, cherchant, comme l'immortel don Quichotte, à s'arracher par la vigueur de son rêve aux griffes de l'impitoyable réalité... Hélas! tout ce qu'il faisait pour apaiser sa soif d'aventures ne servait qu'à l'augmenter. La vue de toutes ses armes l'entretenait dans un état perpétuel de colère et d'excitation. Ses rifles, ses flèches, ses lassos lui criaient : « Bataille! bataille! » Dans les branches de son baobab, le vent des grands voyages soufflait et lui donnait de mauvais conseils. Pour l'achever, Gustave Aimard et Fenimore Cooper...

Oh! par les lourds après-midi d'été, quand il était seul à lire au milieu de ses glaives, que de fois Tartarin s'est levé en rugissant, que de fois il a jeté son livre et s'est précipité sur le mur pour décrocher une panoplie!

Le pauvre homme oubliait qu'il était chez lui, à Tarascon, avec un foulard de tête et des caleçons, il mettait ses lectures en action et, s'exaltant au son de sa propre voix, criait en brandissant une hache ou un tomahawk :

« Qu'ils y viennent, maintenant! »

Ils? Qui, *ils?*

Tartarin ne le savait pas bien lui-même... *ils!* c'était tout ce qui attaque, tout ce qui combat, tout ce qui mord, tout ce qui griffe, tout ce qui scalpe, tout ce qui hurle, tout ce qui rugit... *Ils!* c'était l'Indien Sioux dansant autour du poteau de guerre où le malheureux Blanc est attaché.

C'était l'ours gris des montagnes Rocheuses qui se dandine et qui se lèche avec une langue pleine de sang. C'était encore le Touareg du désert, le pirate malais, le bandit des Abruzzes... Enfin, *Ils !...* c'est-à-dire la guerre, les voyages, l'aventure, la gloire.

Mais, hélas ! l'intrépide Tarasconnais avait beau *les* appeler, *les* défier... *ils* ne venaient jamais... Pecaïré ! qu'est-ce qu'*ils* seraient venus faire à Tarascon ?

Tartarin cependant *les* attendait toujours, – surtout le soir en allant au cercle.

5

QUAND TARTARIN ALLAIT AU CERCLE

Le chevalier du Temple se disposant à une sortie contre l'infidèle, le *tigre* chinois s'équipant pour la bataille, le guerrier comanche entrant sur le sentier de la guerre, tout cela n'est rien auprès de Tartarin de Tarascon s'armant de pied en cap pour aller au cercle, à neuf heures du soir, une heure après les clairons de la retraite.

Branle-bas de combat! comme disent les matelots.

A la main gauche, Tartarin prenait un coup-de-poing à pointes de fer; à la main droite, une canne à épée; dans la poche gauche, un casse-tête; dans la poche droite, un revolver. Sur la poitrine, entre drap et flanelle, un kriss malais. Par exemple, jamais de flèche empoisonnée; ce sont des armes déloyales!...

Avant de partir, dans le silence et l'ombre de son cabinet, il s'exerçait un moment, se fendait, tirait au mur, faisait jouer ses muscles; puis, il prenait son passe-partout, et traversait le jardin, gravement, sans se presser. – A l'anglaise, messieurs, à l'anglaise! c'est le vrai courage. – Au bout du jardin, il ouvrait la lourde porte de fer. Il l'ouvrait brusquement, violemment, de façon à ce qu'elle allât battre en dehors contre la muraille... S'*ils* avaient été derrière, vous pensez quelle marmelade!... Malheureusement, *ils* n'étaient pas derrière.

La porte ouverte, Tartarin sortait, jetait vite un coup d'œil de droite et de gauche, fermait la porte à double tour et vivement. Puis, en route.

Sur le chemin d'Avignon, pas un chat. Portes closes, fenêtres éteintes. Tout était noir. De loin en loin, un réverbère, clignotant dans le brouillard du Rhône...

Superbe et calme, Tartarin de Tarascon s'en allait ainsi dans la nuit, faisant sonner ses talons en mesure, et du bout ferré de sa canne arrachant des étincelles aux pavés... Boulevards, grandes rues ou ruelles, il avait soin de tenir toujours le milieu de la chaussée, excellente mesure de précaution qui vous permet de voir venir le danger, et surtout d'éviter ce qui, le soir, dans les rues de Tarascon, tombe quelquefois des fenêtres. A lui voir tant de prudence, n'allez pas croire au moins que Tartarin eût peur... Non! seulement il se gardait.

La meilleure preuve que Tartarin n'avait pas peur, c'est qu'au lieu d'aller au cercle par le cours, il y allait par la ville, c'est-à-dire par le plus long, par le plus noir, par un tas de vilaines petites rues au bout desquelles on voit le Rhône luire sinistrement. Le pauvre homme espérait toujours qu'au détour d'un de ces coupe-gorge *ils* allaient s'élancer de l'ombre et lui tomber sur le dos. *Ils* auraient été bien reçus, je vous en réponds... Mais, hélas ! par une dérision du destin, jamais, au grand jamais, Tartarin de Tarascon n'eut la chance de faire une mauvaise rencontre. Pas même un chien, pas même un ivrogne. Rien !

Parfois cependant une fausse alerte. Un bruit de pas, des voix étouffées... « Attention ! » se disait Tartarin, et il restait planté sur place, scrutant l'ombre, prenant le vent, appuyant son oreille contre terre à la mode indienne... Les pas approchaient. Les voix devenaient distinctes... Plus de doute ! *Ils* arrivaient... *Ils* étaient là. Déjà Tartarin, l'œil en feu, la poitrine haletante, se ramassait sur lui-même comme un jaguar et se préparait à bondir en poussant son cri de guerre... quand tout à coup, du sein de l'ombre, il entendait de bonnes voix tarasconnaises l'appeler bien tranquillement :

« Té ! vé !... c'est Tartarin... Et adieu, Tartarin ! »

Malédiction ! c'était le pharmacien Bézuquet avec sa famille qui venait de chanter *la sienne* chez les Costecalde. – « Bonsoir ! bonsoir ! » grommelait Tartarin, furieux de sa méprise; et, farouche, la canne haute, il s'enfonçait dans la nuit.

Arrivé dans la rue du cercle, l'intrépide Tarasconnais attendait encore un moment en se promenant de long en large devant la porte avant d'entrer... A la fin, las de *les* attendre et certain qu'*ils* ne se montreraient pas, il jetait un dernier regard de défi dans l'ombre, et murmurait avec colère : « Rien !... rien !... jamais rien ! »

Là-dessus, le brave homme entrait faire son bésigue[1] avec le commandant.

6

LES DEUX TARTARINS

Avec cette rage d'aventures, ce besoin d'émotions fortes, cette folie de voyages, de courses, de diable au vert, comment diantre se trouvait-il que Tartarin de Tarascon n'eût jamais quitté Tarascon ?

Car c'est un fait. Jusqu'à l'âge de quarante-cinq ans, l'intrépide Tarasconnais n'avait pas une fois couché hors de sa ville. Il n'avait pas même fait ce fameux voyage à Marseille, que tout bon Provençal se paie à sa majorité. C'est au plus s'il connaissait Beaucaire, et cependant Beaucaire n'est pas bien loin de Tarascon, puisqu'il n'y a que le pont à traverser. Malheureusement ce diable de pont a été si souvent emporté par les coups de vent, il est si long, si frêle, et le Rhône a tant de largeur à cet endroit que, ma foi ! vous comprenez... Tartarin de Tarascon préférait la terre ferme.

C'est qu'il faut bien vous l'avouer, il y avait dans notre héros deux natures très distinctes. « Je sens deux hommes en moi », a dit je ne sais quel Père de l'Eglise. Il l'eût dit vrai de Tartarin, qui portait en lui l'âme de don Quichotte, les mêmes élans chevaleresques, le même idéal héroïque, la même folie du romanesque et du grandiose, mais malheureusement, il n'avait pas le corps du célèbre hidalgo, ce corps osseux et maigre, ce prétexte de corps, sur lequel la vie matérielle manquait de prise, capable de passer vingt nuits sans déboucler sa cuirasse, et quarante-huit heures avec une poignée de riz... Le corps de Tartarin, au contraire, était un brave homme de corps, très gras, très lourd, très sensuel, très douillet, très geignard, plein d'appétits bourgeois et d'exigences domestiques, le corps ventru et court sur pattes de l'immortel Sancho Pança.

Don Quichotte et Sancho Pança dans le même homme! vous comprenez quel mauvais ménage ils y devaient faire! quels combats! quels déchirements!... O le beau dialogue à écrire pour Lucien ou pour Saint-Evremond, un dialogue entre les deux Tartarins, le Tartarin-Quichotte et le Tartarin-Sancho! Tartarin-Quichotte s'exaltant aux récits de Gustave Aimard et criant : « Je pars! »

Tartarin-Sancho ne pensant qu'aux rhumatismes et disant : « Je reste. »

TARTARIN-QUICHOTTE, très exalté.

Couvre-toi de gloire, Tartarin.

TARTARIN-SANCHO, très calme.

Tartarin, couvre-toi de flanelle.

TARTARIN-QUICHOTTE, de plus en plus exalté.

O les bons rifles à deux coups! ô les dagues, les lassos, les mocassins!

TARTARIN-SANCHO, de plus en plus calme.

O les bons gilets tricotés! les bonnes genouillères bien chaudes! ô les braves casquettes à oreillettes!

TARTARIN-QUICHOTTE, hors de lui.

Une hache! qu'on me donne une hache!

TARTARIN-SANCHO, sonnant la bonne.

Jeannette, mon chocolat.

Là-dessus, Jeannette apparaît avec un excellent chocolat, chaud, moiré, parfumé, et de succulentes grillades à l'anis, qui font rire Tartarin-Sancho en étouffant les cris de Tartarin-Quichotte.

Et voilà comme il se trouvait que Tartarin de Tarascon n'eût jamais quitté Tarascon.

7

LES EUROPÉENS À SHANGHAI
LE HAUT COMMERCE
LES TARTARES
TARTARIN DE TARASCON SERAIT-IL UN IMPOSTEUR ?
LE MIRAGE

UNE fois cependant Tartarin avait failli partir, partir pour un grand voyage.

Les trois frères Garcio-Camus, des Tarasconnais établis à Shanghai[1], lui avaient offert la direction d'un de leurs comptoirs là-bas. Ça, par exemple, c'était bien la vie qu'il lui fallait. Des affaires considérables, tout un monde de commis à gouverner, des relations avec la Russie, la Perse, la Turquie d'Asie, enfin le Haut Commerce.

Dans la bouche de Tartarin, ce mot de Haut Commerce vous apparaissait d'une hauteur !...

La maison des Garcio-Camus avait, en outre, cet avantage qu'on y recevait quelquefois la visite des Tartares. Alors, vite, on fermait les portes. Tous les commis prenaient les armes, on hissait le drapeau consulaire, et pan ! pan ! par les fenêtres, sur les Tartares.

Avec quel enthousiasme Tartarin-Quichotte sauta sur cette proposition, je n'ai pas besoin de vous le dire; par malheur, Tartarin-Sancho n'entendait pas de cette oreille-là, et, comme il était plus fort, l'affaire ne put pas s'arranger. Dans la ville, on en parla beaucoup. Partira-t-il ? ne partira-t-il pas ? Parions que si, parions que non. Ce fut un événement... En fin de compte, Tartarin ne partit pas, mais, toutefois, cette histoire lui fit beaucoup d'honneur. Avoir failli aller à Shanghai ou y être allé, pour Tarascon, c'était tout comme. A force de parler du voyage de Tartarin, on finit par croire qu'il en revenait, et le soir, au cercle, tous ces messieurs lui demandaient des renseignements sur la vie à Shanghai, sur les mœurs, le climat, l'opium, le Haut Commerce.

Tartarin, très bien renseigné, donnait de bonne grâce les détails qu'on voulait et, à la longue, le brave homme n'était pas bien sûr lui-même de n'être pas allé à Shanghai, si bien qu'en racontant pour la centième fois la descente des Tartares, il en arrivait à dire très naturellement : « Alors, je fais armer mes commis, je hisse le pavillon consulaire, et pan ! pan ! par les fenêtres, sur les Tartares. » En entendant cela, tout le cercle frémissait...

« Mais alors, votre Tartarin n'était qu'un affreux menteur.

– Non ! mille fois non ! Tartarin n'était pas un menteur...

– Pourtant, il devait bien savoir qu'il n'était pas allé à Shanghai !

– Eh ! sans doute, il le savait. Seulement... »

Seulement, écoutez bien ceci. Il est temps de s'entendre une fois pour toutes sur cette réputation de menteurs que les gens du Nord ont faite aux Méridionaux. Il n'y a pas de menteurs dans le Midi, pas plus à Marseille qu'à Nîmes, qu'à Toulouse, qu'à Tarascon. L'homme du Midi ne ment pas, il se trompe. Il ne dit pas toujours la vérité, mais il croit la dire... son mensonge à lui, ce n'est pas du mensonge, c'est une espèce de mirage...

Oui, du mirage !... Et pour bien me comprendre, allez-vous-en dans le Midi, et vous verrez. Vous verrez ce diable de pays où le soleil transfigure tout, et fait tout plus grand que nature. Vous verrez ces petites collines de Provence pas plus hautes que la butte Montmartre, et qui vous paraîtront gigantesques, vous verrez la Maison carrée de Nîmes – un petit bijou d'étagère – qui vous semblera aussi grande que Notre-Dame. Vous verrez... Ah ! le seul menteur du Midi, s'il y en a un, c'est le soleil... Tout ce qu'il touche, il l'exagère !... Qu'est-ce que c'était que Sparte aux temps de sa splendeur ? Une bourgade... Qu'est-ce que c'était qu'Athènes ? Tout au plus une sous-préfecture... et pourtant dans l'Histoire elles nous apparaissent comme des villes énormes. Voilà ce que le soleil en a fait...

Vous étonnerez-vous, après cela, que le même soleil, tombant sur Tarascon, ait pu faire d'un ancien capitaine d'habillement comme Bravida, le brave commandant Bravida, d'un navet un baobab, et d'un homme qui avait failli aller à Shanghai un homme qui y était allé ?

8

LA MÉNAGERIE MITAINE
UN LION DE L'ATLAS À TARASCON
TERRIBLE ET SOLENNELLE ENTREVUE

Et maintenant que nous avons montré Tartarin de Tarascon comme il était en son privé, avant que la gloire l'eût baisé au front et coiffé du laurier séculaire, maintenant que nous avons raconté cette vie héroïque dans un milieu modeste, ses joies, ses douleurs, ses rêves, ses espérances, hâtons-nous d'arriver aux grandes pages de son histoire et au singulier événement qui devait donner l'essor à cette incomparable destinée.

C'était un soir, chez l'armurier Costecalde. Tartarin de Tarascon était en train de démontrer à quelques amateurs le maniement du fusil à aiguille, alors dans toute sa nouveauté[1]... Soudain la porte s'ouvre, et un chasseur de casquettes se précipite effaré dans la boutique, en criant : « Un lion!... un lion!... » Stupeur générale, effroi, tumulte, bousculade. Tartarin croise la baïonnette, Costecalde court fermer la porte. On entoure le chasseur, on l'interroge, on le presse, et voici ce qu'on apprend : la ménagerie Mitaine[1], revenant de la foire de Beaucaire, avait consenti à faire une halte de quelques jours à Tarascon et venait de s'installer sur la place du Château avec un tas de boas, de phoques, de crocodiles et un magnifique lion de l'Atlas[2].

Un lion de l'Atlas à Tarascon! Jamais, de mémoire d'homme, pareille chose ne s'était vue. Aussi comme nos braves chasseurs de casquettes se regardaient fièrement! quel rayonnement sur leurs mâles visages, et, dans tous les coins de la boutique Costecalde, quelles bonnes poignées de main silencieusement échangées! L'émotion était si grande, si imprévue, que personne ne trouvait un mot à dire...

Pas même Tartarin. Pâle et frémissant, le fusil à aiguille entre les mains, il songeait debout devant le comptoir... Un lion de l'Atlas, là, tout près, à deux pas! Un lion! c'est-à-dire la bête héroïque et féroce par excellence, le roi des fauves, le gibier de ses rêves, quelque chose comme le premier sujet de cette troupe idéale qui lui jouait de si beaux drames dans son imagination...

Un lion, mille dieux!...

Et de l'Atlas encore!!! C'était plus que le grand Tartarin n'en pouvait supporter...

Tout à coup un paquet de sang lui monta au visage.

Ses yeux flambèrent. D'un geste convulsif il jeta le fusil à aiguille sur son épaule, et, se tournant vers le brave commandant Bravida, ancien capitaine d'habillement, il lui dit d'une voix de tonnerre : « Allons voir ça, commandant. »

« Hé! bé... hé! bé... Et mon fusil!... mon fusil à aiguille que vous emportez!... » hasarda timidement le prudent Costecalde; mais Tartarin avait tourné la rue, et derrière lui tous les chasseurs de casquettes emboîtaient fièrement le pas.

Quand ils arrivèrent à la ménagerie, il y avait déjà beaucoup de monde. Tarascon, race héroïque, mais trop longtemps privée de spectacles à sensations, s'était rué sur la baraque Mitaine et l'avait prise d'assaut. Aussi la grosse Mme Mitaine était bien contente... En costume kabyle, les bras nus jusqu'au coude, des bracelets de fer aux chevilles, une cravache dans une main, dans l'autre un poulet vivant, quoique plumé, l'illustre dame faisait les honneurs de la baraque aux Tarasconnais, et comme elle avait *doubles muscles*, elle aussi, son succès était presque aussi grand que celui de ses pensionnaires.

L'entrée de Tartarin, le fusil sur l'épaule, jeta un froid.

Tous ces braves Tarasconnais, qui se promenaient bien tranquillement devant les cages, sans armes, sans méfiance, sans même aucune idée de danger, eurent un mouvement de terreur assez naturel en voyant leur grand Tartarin entrer dans la baraque avec son formidable engin de guerre. Il y avait donc quelque chose à craindre, puisque lui, ce héros... En un clin d'œil, tout le devant des cages se trouva dégarni. Les enfants criaient de peur, les dames regardaient la porte. Le pharmacien Bézuquet s'esquiva, en disant qu'il allait chercher son fusil...

Peu à peu cependant, l'attitude de Tartarin rassura les courages. Calme, la tête haute, l'intrépide Tarasconnais fit lentement le tour de la baraque, passa sans s'arrêter devant la baignoire du phoque, regarda d'un œil dédaigneux la longue caisse pleine de son où le boa digérait son poulet cru, et vint enfin se planter devant la cage du lion...

Terrible et solennelle entrevue ! le lion de Tarascon et le lion de l'Atlas en face l'un de l'autre... D'un côté, Tartarin, debout, le jarret tendu, les deux bras appuyés sur son rifle; de l'autre, le lion, un lion gigantesque, vautré dans la paille, l'œil clignotant, l'air abruti, avec son énorme mufle à perruque jaune posé sur les pattes de devant... Tous deux calmes et se regardant.

Chose singulière ! soit que le fusil à aiguille lui eût donné de l'humeur, soit qu'il eût flairé un ennemi de sa race, le lion, qui jusque-là avait regardé les Tarasconnais d'un air de souverain mépris en leur bâillant au nez à tous, le lion eut tout à coup un mouvement de colère. D'abord il renifla, gronda sourdement, écarta ses griffes, étira ses pattes; puis il se leva, dressa la tête, secoua sa crinière, ouvrit une gueule immense et poussa vers Tartarin un formidable rugissement.

Un cri de terreur lui répondit. Tarascon, affolé, se précipita vers les portes. Tous, femmes, enfants, portefaix, chasseurs de casquettes, le brave commandant Bravida lui-même... Seul, Tartarin de Tarascon ne bougea pas... Il était là, ferme et résolu, devant sa cage, des éclairs dans les yeux et cette terrible moue que toute la ville connaissait... Au bout d'un moment, quand les chasseurs de casquettes, un peu rassurés par son attitude et la solidité des barreaux, se rapprochèrent de leur chef, ils entendirent qu'il murmurait, en regardant le lion : « Ça, oui, c'est une chasse. »

Ce jour-là, Tartarin de Tarascon n'en dit pas davantage...

9

SINGULIERS EFFETS DU MIRAGE

CE jour-là, Tartarin de Tarascon n'en dit pas davantage; mais le malheureux en avait déjà trop dit...

Le lendemain, il n'était bruit dans la ville que du prochain départ de Tartarin pour l'Algérie et la chasse aux lions. Vous êtes tous témoins, chers lecteurs, que le brave homme n'avait pas soufflé mot de cela; mais vous savez, le mirage...

Bref, tout Tarascon ne parlait que de ce départ.

Sur le cours, au cercle, chez Costecalde, les gens s'abordaient d'un air effaré :

« Et autrement, vous savez la nouvelle, au moins!

– Et autrement, quoi donc?... Le départ de Tartarin, au moins? »

Car à Tarascon toutes les phrases commencent par *et autrement*, qu'on prononce *autremain,* et finissent par *au moins*, qu'on prononce *au mouain*; or, ce jour-là, plus que tous les autres, les *au mouain* et les *autremain* sonnaient à faire trembler les vitres.

L'homme le plus surpris de la ville, en apprenant qu'il allait partir pour l'Afrique, ce fut Tartarin. Mais voyez ce que c'est que la vanité! Au lieu de répondre simplement qu'il ne partait pas du tout, qu'il n'avait jamais eu l'intention de partir, le pauvre Tartarin – la première fois qu'on lui parla de ce voyage – fit d'un petit air évasif : « Hé!... hé!... peut-être... je ne dis pas. » La seconde fois, un peu plus familiarisé avec cette idée, il répondit : « C'est probable. » La troisième fois : « C'est certain! »

Enfin, le soir, au cercle et chez les Costecalde, entraîné par le punch aux œufs, les bravos, les lumières; grisé par le succès que l'annonce de son départ avait eu dans la ville, le malheureux déclara formellement qu'il était las de chasser la casquette et qu'il allait, avant peu, se mettre à la poursuite des grands lions de l'Atlas...

Un hourra formidable accueillit cette déclaration. Là-dessus, nouveau punch aux œufs, poignées de main, accolades et sérénade aux flambeaux jusqu'à minuit devant la petite maison du baobab[1].

C'est Tartarin-Sancho qui n'était pas content! Cette idée de voyage en Afrique et de chasse au lion lui donnait le frisson par avance; et, en rentrant au logis, pendant que la sérénade d'honneur sonnait sous leurs fenêtres, il fit à Tartarin-Quichotte une scène effroyable, l'appelant toqué, visionnaire, imprudent, triple fou, lui détaillant par le menu toutes les catastrophes qui l'attendaient dans cette expédition, naufrages, rhumatismes, fièvres chaudes, dysenteries, peste noire, éléphantiasis, et le reste...

En vain Tartarin-Quichotte jurait-il de ne pas faire d'imprudences, qu'il se couvrirait bien, qu'il emporterait tout ce qu'il faudrait, Tartarin-Sancho ne voulait rien entendre. Le pauvre homme se voyait déjà déchiqueté par les lions, englouti dans les sables du désert comme feu Cambyse[1], et l'autre Tartarin ne parvint à l'apaiser un peu qu'en lui expliquant que ce n'était pas pour tout de suite, que rien ne pressait et qu'en fin de compte ils n'étaient pas encore partis.

Il est bien clair, en effet, que l'on ne s'embarque pas pour une expédition semblable sans prendre quelques précautions. Il faut savoir où l'on va, que diable! et ne pas partir comme un oiseau...

Avant toutes choses, le Tarasconnais voulut lire les récits des grands touristes africains, les relations de Mungo-Park, de Caillé, du docteur Livingstone, d'Henri Duveyrier[2].

Là, il vit que ces intrépides voyageurs, avant de chausser leurs sandales pour les excursions lointaines, s'étaient préparés de longue main à supporter la faim, la soif, les marches forcées, les privations de toutes sortes. Tartarin voulut faire comme eux, et, à partir de ce jour-là, ne se nourrit plus que d'*eau bouillie.* – Ce qu'on appelle *eau bouillie*, à Tarascon, c'est quelques tranches de pain noyées dans de l'eau chaude, avec une gousse d'ail, un peu de thym, un brin de laurier. – Le régime était sévère, et vous pensez si le pauvre Sancho fit la grimace...

A l'entraînement par l'eau bouillie, Tartarin de Tarascon joignit d'autres sages pratiques. Ainsi, pour prendre l'habitude des longues marches, il s'astreignit à faire chaque matin son tour de ville sept ou huit fois de suite, tantôt au pas accéléré, tantôt au pas gymnastique, les coudes au corps et deux petits cailloux blancs dans la bouche, selon la mode antique.

Puis, pour se faire aux fraîcheurs nocturnes, aux brouillards, à la rosée, il descendait tous les soirs dans son jardin et restait jusqu'à des dix et onze heures, seul avec son fusil, à l'affût derrière le baobab...

Enfin, tant que la ménagerie Mitaine resta à Tarascon, les chasseurs de casquettes attardés chez Costecalde purent voir dans l'ombre, en passant sur la place du Château, un homme mystérieux se promenant de long en large derrière la baraque.

C'était Tartarin de Tarascon, qui s'habituait à entendre sans frémir les rugissements du lion dans la nuit sombre.

10

AVANT LE DÉPART

PENDANT que Tartarin s'entraînait ainsi par toute sorte de moyens héroïques, tout Tarascon avait les yeux sur lui; on ne s'occupait plus d'autre chose. La chasse à la casquette ne battait plus que d'une aile, les romances chômaient. Dans la pharmacie Bézuquet, le piano languissait sous une housse verte, et les mouches cantharides[1] séchaient dessus, le ventre en l'air... L'expédition de Tartarin avait arrêté tout...

Il fallait voir le succès du Tarasconnais dans les salons. On se l'arrachait, on se le disputait, on se l'empruntait, on se le volait. Il n'y avait pas de plus grand honneur pour les dames que d'aller à la ménagerie Mitaine au bras de Tartarin, et de se faire expliquer devant la cage au lion comment on s'y prenait pour chasser ces grandes bêtes, où il fallait viser, à combien de pas, si les accidents étaient nombreux, etc., etc.

Tartarin donnait toutes les explications qu'on voulait. Il avait lu Jules Gérard[2] et connaissait la chasse au lion sur le bout du doigt, comme s'il l'avait faite. Aussi parlait-il de ces choses avec une grande éloquence.

Mais où il était le plus beau, c'est le soir, à dîner, chez le président Ladevèze ou le brave commandant Bravida, ancien capitaine d'habillement, quand on apportait le café et que, toutes les chaises se rapprochant, on le faisait parler de ses chasses futures...

Alors, le coude sur la nappe, le nez dans son moka, le héros racontait d'une voix émue tous les dangers qui l'attendaient là-bas. Il disait les longs affûts sans lune, les marais pestilentiels, les rivières empoisonnées par la feuille du laurier-rose, les neiges, les soleils ardents, les scorpions, les pluies de sauterelles; il disait aussi les mœurs des grands lions de l'Atlas, leur façon de combattre, leur vigueur phénoménale et leur férocité au temps du rut...

Puis, s'exaltant à son propre récit, il se levait de table, bondissait au milieu de la salle à manger, imitant le cri du lion, le bruit d'une carabine, pan! pan! le sifflement d'une balle explosive, pfft! pfft! gesticulait, rugissait, renversait les chaises...

Autour de la table, tout le monde était pâle. Les hommes se regardaient en hochant la tête, les dames fermaient les yeux avec de petits cris d'effroi, les vieillards brandissaient leurs longues cannes belliqueusement, et, dans la chambre à côté, les petits garçonnets qu'on couche de bonne heure, éveillés en sursaut par les rugissements et les coups de feu, avaient grand-peur et demandaient de la lumière.

En attendant, Tartarin ne partait pas.

11

« DES COUPS D'ÉPÉE, MESSIEURS, DES COUPS D'ÉPÉE !... MAIS PAS DE COUPS D'ÉPINGLE ! »

AVAIT-IL bien réellement l'intention de partir ?... Question délicate, et à laquelle l'historien de Tartarin serait fort embarrassé de répondre.

Toujours est-il que la ménagerie Mitaine avait quitté Tarascon depuis plus de trois mois, et le tueur de lions ne bougeait pas... Après tout, peut-être le candide héros, aveuglé par un nouveau mirage, se figurait-il de bonne foi qu'il était allé en Algérie. Peut-être qu'à force de raconter ses futures chasses, il s'imaginait les avoir faites, aussi sincèrement qu'il s'imaginait avoir hissé le drapeau consulaire et tiré sur les Tartares, pan ! pan ! à Shanghai.

Malheureusement, si, cette fois encore Tartarin de Tarascon fut victime du mirage, les Tarasconnais ne le furent pas. Lorsque, au bout de trois mois d'attente, on s'aperçut que le chasseur n'avait pas encore fait une malle, on commença à murmurer.

« Ce sera comme pour Shanghai ! » disait Costecalde en souriant. Et le mot de l'armurier fit fureur dans la ville; car personne ne croyait plus en Tartarin.

Les naïfs, les poltrons, des gens comme Bézuquet, qu'une puce aurait mis en fuite et qui ne pouvaient pas tirer un coup de fusil sans fermer les yeux, ceux-là surtout étaient impitoyables. Au cercle, sur l'esplanade, ils abordaient le pauvre Tartarin avec de petits airs goguenards.

« Et *autremain*, pour quand ce voyage ? »

Dans la boutique Costecalde, son opinion ne faisait plus foi. Les chasseurs de casquettes reniaient leur chef !

Puis les épigrammes s'en mêlèrent. Le président Ladevèze, qui faisait volontiers en ses heures de loisir deux doigts de cour à la muse provençale, composa dans la langue du cru une chanson qui eut beaucoup de succès. Il était question d'un certain chasseur appelé maître Gervais, dont le fusil redoutable devait exterminer jusqu'au dernier tous les lions d'Afrique. Par malheur, ce diable de fusil était de complexion singulière : *on le chargeait toujours, il ne partait jamais.*

Il ne partait jamais ! vous comprenez l'allusion...

En un tour de main, cette chanson devint populaire; et quand Tartarin passait, les portefaix du quai, les petits décrotteurs de devant sa porte chantaient en chœur :

Lou fùsioù de mestre Gervaï
Toujou lou cargon, toujou lou cargon,
Lou fùsioù de mestre Gervaï
Toujou lou cargon, part jamaï.

Seulement cela se chantait de loin, à cause des doubles muscles.

O fragilité des engouements de Tarascon !...

Le grand homme, lui, feignait de ne rien voir, de ne rien entendre; mais, au fond, cette petite guerre sourde et venimeuse l'affligeait beaucoup; il sentait Tarascon lui glisser dans la main, la faveur populaire aller à d'autres, et cela le faisait horriblement souffrir.

Ah ! la grande gamelle de popularité, il fait bon s'asseoir devant, mais quel échaudement quand elle se renverse !...

En dépit de sa souffrance, Tartarin souriait et menait paisiblement sa même vie, comme si de rien n'était.

Quelquefois cependant ce masque de joyeuse insouciance, qu'il s'était, par fierté, collé sur le visage, se détachait subitement. Alors, au lieu du rire, on voyait l'indignation et la douleur...

C'est ainsi qu'un matin que les petits décrotteurs chantaient sous ses fenêtres : *Lou fùsioù de mestre Gervaï*, les voix de ces misérables arrivèrent jusqu'à la chambre du pauvre grand homme en train de se raser devant sa glace. (Tartarin portait toute sa barbe, mais comme elle venait trop forte, il était obligé de la surveiller.)

Tout à coup la fenêtre s'ouvrit violemment, et Tartarin apparut en chemise, en serre-tête, barbouillé de son savon blanc, brandissant son rasoir et sa savonnette, et criant d'une voix formidable :

« Des coups d'épée, messieurs, des coups d'épée!... Mais pas de coups d'épingle! »

Belles paroles dignes de l'histoire, qui n'avaient que le tort de s'adresser à ces petits *fouchtras*, hauts comme leurs boîtes à cirage, et gentilshommes tout à fait incapables de tenir une épée!

12

DE CE QUI FUT DIT DANS LA PETITE MAISON DU BAOBAB

AU milieu de la défection générale, l'armée seule tenait bon pour Tartarin.

Le brave commandant Bravida, ancien capitaine d'habillement, continuait à lui marquer la même estime : « C'est un lapin ! » s'entêtait-il à dire, et cette affirmation valait bien, j'imagine, celle du pharmacien Bézuquet... Pas une fois le brave commandant n'avait fait allusion au voyage en Afrique; pourtant, quand la clameur publique devint trop forte, il se décida à parler.

Un soir, le malheureux Tartarin était seul dans son cabinet, pensant à des choses tristes, quand il vit entrer le commandant, grave, ganté de noir, boutonné jusqu'aux oreilles.

« Tartarin, fit l'ancien capitaine avec autorité, Tartarin, il faut partir ! » Et il restait debout dans l'encadrement de la porte – rigide et grand comme le devoir.

Tout ce qu'il y avait dans ce « Tartarin, il faut partir ! » Tartarin de Tarascon le comprit.

Très pâle, il se leva, regarda autour de lui d'un œil attendri ce joli cabinet, bien clos, plein de chaleur et de lumière douce, ce large fauteuil si commode, ses livres, son tapis, les grands stores blancs de ses fenêtres, derrière lesquels tremblaient les branches grêles du petit jardin; puis, s'avançant vers le brave commandant, il lui prit la main, la serra avec énergie et, d'une voix où roulaient des larmes, stoïque cependant, il lui dit : « Je partirai, Bravida ! »

Et il partit comme il l'avait dit. Seulement pas encore tout de suite... il lui fallut le temps de s'outiller.

D'abord il commanda chez Bompard deux grandes malles doublées de cuivre, avec une longue plaque portant cette inscription :

TARTARIN DE TARASCON

CAISSE D'ARMES

Le doublage et la gravure prirent beaucoup de temps. Il commanda aussi chez Tastavin un magnifique album de voyage pour écrire son journal, ses impressions; car enfin on a beau chasser le lion, on pense tout de même en route.

Puis il fit venir de Marseille toute une cargaison de conserves alimentaires, du pemmican[1] en tablettes pour faire du bouillon, une tente-abri d'un nouveau modèle, se montant et se démontant à la minute, des bottes de marin, deux parapluies, un waterproof[1], des lunettes bleues pour prévenir les ophtalmies. Enfin le pharmacien Bézuquet lui confectionna une petite pharmacie portative bourrée de sparadrap, d'arnica, de camphre, de vinaigre des quatre-voleurs[2].

Pauvre Tartarin! ce qu'il en faisait, ce n'était pas pour lui; mais il espérait, à force de précautions et d'attentions délicates, apaiser la fureur de Tartarin-Sancho, qui, depuis que le départ était décidé, ne décolérait ni de jour ni de nuit.

13

LE DÉPART

ENFIN, il arriva, le jour solennel, le grand jour.

Dès l'aube, tout Tarascon était sur pied, encombrant le chemin d'Avignon et les abords de la petite maison du baobab.

Du monde aux fenêtres, sur les toits, sur les arbres; des mariniers du Rhône, des portefaix, des décrotteurs, des bourgeois, des ourdisseuses[1], des taffetassières, le cercle, enfin toute la ville; puis aussi des gens de Beaucaire qui avaient passé le pont, des maraîchers de la banlieue, des charrettes à grandes bâches, des vignerons hissés sur de belles mules attifées de rubans, de flots, de grelots, de nœuds, de sonnettes, et même, de loin en loin, quelques jolies filles d'Arles venues en croupe de leur galant, le ruban d'azur autour de la tête, sur de petits chevaux de Camargue gris de fer.

Toute cette foule se pressait, se bousculait devant la porte de Tartarin, ce bon M. Tartarin, qui s'en allait tuer des lions chez les *Teurs*[2].

Pour Tarascon, l'Algérie, l'Afrique, la Grèce, la Perse, la Turquie, la Mésopotamie, tout cela forme un grand pays très vague, presque mythologique, et cela s'appelle les *Teurs* (les Turcs).

Au milieu de cette cohue, les chasseurs de casquettes allaient et venaient, fiers du triomphe de leur chef, et traçant sur leur passage comme des sillons glorieux.

Devant la maison du baobab, deux grandes brouettes. De temps en temps, la porte s'ouvrait, laissant voir quelques personnes qui se promenaient gravement dans le petit jardin. Des hommes apportaient des malles, des caisses, des sacs de nuit, qu'ils empilaient sur les brouettes.

A chaque nouveau colis, la foule frémissait. On se nommait les objets à haute voix. « Ça, c'est la tente-abri... Ça, ce sont les conserves... la pharmacie... les caisses d'armes... » Et les chasseurs de casquettes donnaient des explications.

Tout à coup, vers dix heures, il se fit un grand mouvement dans la foule. La porte du jardin tourna sur ses gonds violemment.

« C'est lui!... c'est lui! » criait-on.

C'était lui...

Quand il parut sur le seuil, deux cris de stupeur partirent de la foule :

« C'est un *Teur*!...

– Il a des lunettes! »

Tartarin de Tarascon, en effet, avait cru de son devoir, allant en Algérie, de prendre le costume algérien. Large pantalon bouffant en toile blanche, petite veste collante à boutons de métal, deux pieds de ceinture rouge autour de l'estomac, le cou nu, le front rasé, sur sa tête une gigantesque *chechia* (bonnet rouge) et un flot bleu d'une longueur[1] !... Avec cela, deux lourds fusils, un sur chaque épaule, un grand couteau de chasse à la ceinture, sur le ventre une cartouchière, sur la hanche un revolver se balançant dans sa poche de cuir. C'est tout...

Ah ! pardon, j'oubliais les lunettes, une énorme paire de lunettes bleues qui venaient là bien à propos pour corriger ce qu'il y avait d'un peu trop farouche dans la tournure de notre héros !

« Vive Tartarin !... vive Tartarin ! » hurla le peuple. Le grand homme sourit, mais ne salua pas, à cause de ses fusils qui le gênaient. Du reste, il savait maintenant à quoi s'en tenir sur la faveur populaire; peut-être même qu'au fond de son âme il maudissait ses terribles compatriotes, qui l'obligeaient à partir, à quitter son joli petit chez lui aux murs blancs, aux persiennes vertes[2]... Mais cela ne se voyait pas.

Calme et fier, quoique un peu pâle, il s'avança sur la chaussée, regarda ses brouettes, et, voyant que tout était bien, prit gaillardement le chemin de la gare, sans même se retourner une fois vers la maison du baobab. Derrière lui marchaient le brave commandant Bravida, ancien capitaine d'habillement, le président Ladevèze, puis l'armurier Costecalde et tous les chasseurs de casquettes, puis les brouettes, puis le peuple.

Devant l'embarcadère, le chef de gare l'attendait – un vieil Africain de 1830, qui lui serra la main plusieurs fois avec chaleur.

L'express Paris-Marseille n'était pas encore arrivé. Tartarin et son état-major entrèrent dans les salles d'attente. Pour éviter l'encombrement, derrière eux le chef de gare fit fermer les grilles.

Pendant un quart d'heure, Tartarin se promena de long en large dans les salles, au milieu des chasseurs de casquettes. Il leur parlait de son voyage, de sa chasse, promettant d'envoyer des peaux. On s'inscrivait sur son carnet pour une peau comme pour une contredanse.

Tranquille et doux comme Socrate au moment de boire la ciguë, l'intrépide Tarasconnais avait un mot pour chacun, un sourire pour tout le monde. Il parlait simplement, d'un air affable; on aurait dit qu'avant de partir, il voulait laisser derrière lui comme une traînée de charme, de regrets, de bons souvenirs. D'entendre leur chef parler ainsi, tous les chasseurs de casquettes avaient des larmes, quelques-uns même des remords, comme le président Ladevèze et le pharmacien Bézuquet.

Des hommes d'équipe pleuraient dans des coins. Dehors, le peuple regardait à travers les grilles, et criait : « Vive Tartarin ! »

Enfin la cloche sonna. Un roulement sourd, un sifflet déchirant ébranla les voûtes... En voiture! en voiture!

« Adieu, Tartarin !... adieu, Tartarin !...

– Adieu, tous !... », murmura le grand homme,

et sur les joues du brave commandant Bravida, il embrassa son cher Tarascon.

Puis il s'élança sur la voie et monta dans un wagon plein de Parisiennes, qui pensèrent mourir de peur en voyant arriver cet homme étrange avec tant de carabines et de revolvers.

14

LE PORT DE MARSEILLE
EMBARQUE ! EMBARQUE !

Le 1er décembre 186..., à l'heure de midi, par un soleil d'hiver provençal, un temps clair, luisant, splendide, les Marseillais, effarés, virent déboucher sur la Canebière un *Teur*, oh ! mais un *Teur*... Jamais ils n'en avaient vu un comme celui-là; et pourtant, Dieu sait s'il en manque, à Marseille, des *Teurs* !

Le *Teur* en question – ai-je besoin de vous le dire ? – c'était Tartarin, le grand Tartarin de Tarascon, qui s'en allait le long des quais, suivi de ses caisses d'armes, de sa pharmacie, de ses conserves, rejoindre l'embarcadère de la compagnie Touache, et le paquebot *le Zouave* [1], qui devait l'emporter là-bas.

L'oreille encore pleine des applaudissements tarasconnais, grisé par la lumière du ciel, l'odeur de la mer, Tartarin rayonnant marchait, ses fusils sur l'épaule, la tête haute, regardant de tous ses yeux ce merveilleux port de Marseille qu'il voyait pour la première fois, et qui l'éblouissait... Le pauvre homme croyait rêver. Il lui semblait qu'il s'appelait Sinbad le Marin, et qu'il errait dans une de ces villes fantastiques comme il y en a dans les *Mille et une Nuits.*

C'était à perte de vue un fouillis de mâts, de vergues, se croisant dans tous les sens. Pavillons de tous les pays, russes, grecs, suédois, tunisiens, américains... Les navires au ras du quai, les beaupré arrivant sur la berge comme des rangées de baïonnettes. Au-dessous les naïades, les déesses, les saintes vierges et autres sculptures de bois peint qui donnent le nom au vaisseau; tout cela mangé par l'eau de mer, dévoré, ruisselant, moisi... De temps en temps, entre les navires, un morceau de mer, comme une grande moire tachée d'huile... Dans l'enchevêtrement des vergues, des nuées de mouettes faisant de jolies taches sur le ciel bleu, des mousses qui s'appelaient dans toutes les langues.

Sur le quai, au milieu des ruisseaux qui venaient des savonneries, verts, épais, noirâtres, chargés d'huile et de soude, tout un peuple de douaniers, de commissionnaires, de portefaix avec leurs *bogheys*[1] attelés de petits chevaux corses.

Des magasins de confections bizarres, des baraques enfumées où les matelots faisaient leur cuisine, des marchands de pipes, des marchands de singes, de perroquets, de cordes, de toiles à voiles, des bric-à-brac fantastiques où s'étalaient pêle-mêle de vieilles couleuvrines, de grosses lanternes dorées, de vieux palans, de vieilles ancres édentées, vieux cordages, vieilles poulies, vieux porte-voix, lunettes marines du temps de Jean Bart et de Duguay-Trouin. Des vendeuses de moules et de clovisses, accroupies et piaillant à côté de leurs coquillages. Des matelots passant avec des pots de goudron, des marmites fumantes, de grands paniers pleins de poulpes qu'ils allaient laver dans l'eau blanchâtre des fontaines.

Partout, un encombrement prodigieux de marchandises de toute espèce; soieries, minerais, trains de bois, saumons de plomb[1], draps, sucres, caroubes, colzas, réglisses, cannes à sucre. L'Orient et l'Occident pêle-mêle. De grands tas de fromages de Hollande que les Génoises teignaient en rouge avec leurs mains.

Là-bas, le quai au blé; les portefaix déchargeant leurs sacs sur la berge du haut de grands échafaudages. Le blé, torrent d'or, qui roulait au milieu d'une fumée blonde. Des hommes en fez rouge le criblant à mesure dans de grands tamis de peau d'âne, et le chargeant sur des charrettes qui s'éloignaient suivies d'un régiment de femmes et d'enfants avec des balayettes et des paniers à glanes... Plus loin, le bassin de carénage, les grands vaisseaux couchés sur le flanc et qu'on flambait avec des broussailles pour les débarrasser des herbes de la mer, les vergues trempant dans l'eau, l'odeur de la résine, le bruit assourdissant des charpentiers doublant la coque des navires avec de grandes plaques de cuivre.

Parfois, entre les mâts, une éclaircie. Alors Tartarin voyait l'entrée du port, le grand va-et-vient des navires, une frégate anglaise partant pour Malte, pimpante et bien lavée, avec des officiers en gants jaunes, ou bien un grand brick marseillais démarrant au milieu des cris, des jurons, et, à l'arrière, un gros capitaine en redingote et chapeau de soie, commandant la manœuvre en provençal. Des navires qui s'en allaient en courant, toutes voiles dehors. D'autres là-bas, bien loin, qui arrivaient lentement, dans le soleil, comme en l'air.

Et puis, tout le temps, un tapage effroyable, roulement de charrettes, « oh ! hisse » des matelots, jurons, chants, sifflets de bateaux à vapeur, les tambours et les clairons du fort Saint-Jean, du fort Saint-Nicolas, les cloches de la Major, des Accoules, de Saint-Victor[1] ; par là-dessus le mistral qui prenait tous ces bruits, toutes ces clameurs, les roulait, les secouait, les confondait avec sa propre voix et en faisait une musique folle, sauvage, héroïque comme la grande fanfare du voyage, fanfare qui donnait envie de partir, d'aller loin, d'avoir des ailes.

C'est au son de cette belle fanfare que l'intrépide Tartarin de Tarascon s'embarqua pour le pays des lions !

DEUXIÈME ÉPISODE

CHEZ LES TEURS

1

LA TRAVERSÉE
LES CINQ POSITIONS DE LA CHECHIA
LE SOIR DU TROISIÈME JOUR
MISÉRICORDE

JE voudrais, mes chers lecteurs, être peintre et grand peintre pour mettre sous vos yeux, en tête de ce second épisode, les différentes positions que prit la *chechia* de Tartarin de Tarascon, dans ces trois jours de traversée qu'elle fit à bord du *Zouave*, entre la France et l'Algérie.

Je vous la montrerais d'abord au départ sur le pont, héroïque et superbe comme elle était posée, ainsi qu'une auréole, sur cette belle tête tarasconnaise. Je vous la montrerais ensuite à la sortie du port, quand *Le Zouave* commence à caracoler sur les lames : je vous la montrerais frémissante, étonnée, et comme sentant déjà les premières atteintes de son mal.

Puis, dans le golfe du Lion, à mesure qu'on avance au large et que la mer devient plus dure, je vous la ferais voir aux prises avec la tempête, se dressant effarée sur le crâne du héros, et son grand flot de laine bleue qui se hérisse dans la brume de mer et la bourrasque... Quatrième position. Six heures du soir, en vue des côtes corses. L'infortunée *chechia* se penche par-dessus le bastingage et lamentablement regarde et sonde la mer... Enfin, cinquième et dernière position, au fond d'une étroite cabine, dans un petit lit qui a l'air d'un tiroir de commode, quelque chose d'informe et de désolé roule en geignant sur l'oreiller. C'est la *chechia*, l'héroïque *chechia* du départ, réduite maintenant au vulgaire état de casque à mèche et s'enfonçant jusqu'aux oreilles d'une tête de malade blême et convulsionnée...

Ah ! si les Tarasconnais avaient pu voir leur grand Tartarin couché dans son tiroir de commode sous le jour blafard et triste qui tombait des hublots, parmi cette odeur fade de cuisine et de bois mouillé, l'écœurante odeur du paquebot; s'ils l'avaient entendu râler à chaque battement de l'hélice, demander du thé toutes les cinq minutes et jurer contre le garçon avec une petite voix d'enfant, comme ils s'en seraient voulu de l'avoir obligé à partir... Ma parole d'historien ! le pauvre *Teur* faisait pitié. Surpris tout à coup par le mal, l'infortuné n'avait pas eu le courage de desserrer sa ceinture algérienne, ni de se défubler de son arsenal. Le couteau de chasse à gros manche lui cassait la poitrine, le cuir de son revolver lui meurtrissait les jambes. Pour l'achever, les bougonnements de Tartarin-Sancho, qui ne cessait de geindre et de pester :

« Imbécile, va!... Je te l'avais bien dit!... Ah! tu as voulu aller en Afrique... Eh bien, té! la voilà l'Afrique!... comment la trouves-tu? »

Ce qu'il y avait de plus cruel, c'est que du fond de sa cabine et de ses gémissements, le malheureux entendait les passagers du grand salon rire, manger, chanter, jouer aux cartes. La société était aussi joyeuse que nombreuse à bord du *Zouave*. Des officiers qui rejoignaient leurs corps, des dames de l'*Alcazar* de Marseille[1], des cabotins, un riche musulman qui revenait de La Mecque, un prince monténégrin très farceur qui faisait des imitations de Ravel et de Gil Pérès[2]... Pas un de ces gens-là n'avait le mal de mer, et leur temps se passait à boire du champagne avec le capitaine du *Zouave*, un bon gros vivant de Marseillais, qui avait ménage à Alger et à Marseille, et répondait au joyeux nom de Barbassou.

Tartarin de Tarascon en voulait à tous ces misérables. Leur gaieté redoublait son mal...

Enfin, dans l'après-midi du troisième jour, il se fit à bord du navire un mouvement extraordinaire qui tira notre héros de sa longue torpeur. La cloche de l'avant sonnait. On entendait les grosses bottes des matelots courir sur le pont.

« Machine en avant!... machine en arrière! » criait la voix enrouée du capitaine Barbassou.

Puis : « Machine, stop! » Un grand arrêt, une secousse, et plus rien... Rien que le paquebot se balançant silencieusement de droite à gauche, comme un ballon dans l'air...

Cet étrange silence épouvanta le Tarasconnais.

« Miséricorde ! nous sombrons... » cria-t-il d'une voix terrible, et, retrouvant ses forces par magie, il bondit de sa couchette, et se précipita sur le pont avec son arsenal.

2

AUX ARMES ! AUX ARMES !

On ne sombrait pas, on arrivait.

Le Zouave venait d'entrer dans la rade, une belle rade aux eaux noires et profondes, mais silencieuse, morne, presque déserte. En face, sur une colline, Alger la blanche avec ses petites maisons d'un blanc mat qui descendent vers la mer, serrées les unes contre les autres[1]. Un étalage de blanchisseuse sur le coteau de Meudon. Par là-dessus un grand ciel de satin bleu, oh ! mais si bleu !...

L'illustre Tartarin, un peu remis de sa frayeur, regardait le paysage, en écoutant avec respect le prince monténégrin, qui, debout à ses côtés, lui nommait les différents quartiers de la ville, la Casbah, la ville haute, la rue Bab-Azoun. Très bien élevé, ce prince monténégrin; de plus, connaissant à fond l'Algérie et parlant l'arabe couramment. Aussi Tartarin se proposait-il de cultiver sa connaissance... Tout à coup, le long du bastingage contre lequel ils étaient appuyés, le Tarasconnais aperçoit une rangée de grosses mains noires qui se cramponnaient par-dehors. Presque aussitôt une tête de nègre toute crépue apparaît devant lui, et, avant qu'il ait eu le temps d'ouvrir la bouche, le pont se trouve envahi de tous côtés par une centaine de forbans, noirs, jaunes, à moitié nus, hideux, terribles.

Ces forbans-là, Tartarin les connaissait... C'était eux, c'est-à-dire, ILS, ces fameux ILS qu'il avait si souvent cherchés la nuit dans les rues de Tarascon. Enfins ILS se décidaient donc à venir.

... D'abord la surprise le cloua sur place. Mais quand il vit les forbans se précipiter sur les bagages, arracher la bâche qui les recouvrait, commencer enfin le pillage du navire, alors le héros se réveilla, et dégainant son couteau de chasse : « Aux armes, aux armes ! » cria-t-il aux voyageurs, et le premier de tous, il fondit sur les pirates.

« *Quès aco?* Qu'est-ce qu'il y a ? Qu'est-ce que vous avez ? fit le capitaine Barbassou qui sortait de l'entrepont.

— Ah ! vous voilà, capitaine !... vite, vite, armez vos hommes.

— Hé ! pour quoi faire, *boun Diou* ?

— Mais vous ne voyez donc pas ?...

— Quoi donc ?...

— Là... devant vous... les pirates... »

Le capitaine Barbassou le regardait tout ahuri. A ce moment, un grand diable de nègre passait devant eux, en courant, avec la pharmacie du héros sur son dos :

« Misérable !... attends-moi !... » hurla le Tarasconnais; et il s'élança, la dague en avant.

Barbassou le rattrapa au vol, et, le retenant par sa ceinture :

« Mais restez donc tranquille, tron de ler ! Ce ne sont pas des pirates... Il y a longtemps qu'il n'y en a plus de pirates... Ce sont des portefaix.

— Des portefaix ?...

— Hé ! oui, des portefaix, qui viennent chercher les bagages pour les porter à terre... Rengainez donc votre coutelas, donnez-moi votre billet, et marchez derrière ce nègre, un brave garçon, qui va vous conduire à terre, et même jusqu'à l'hôtel si vous le désirez !... »

Un peu confus, Tartarin donna son billet, et, se mettant à la suite du nègre, descendit par le tire-veille dans une grosse barque qui dansait le long du navire. Tous ses bagages y étaient déjà, ses malles, caisses d'armes, conserves alimentaires; comme ils tenaient toute la barque, on n'eut pas besoin d'attendre d'autres voyageurs. Le nègre grimpa sur les malles et s'y accroupit comme un singe, les genoux dans ses mains. Un autre nègre prit les rames... Tous deux regardaient Tartarin en riant et montrant leurs dents blanches.

Debout à l'arrière, avec cette terrible moue qui faisait la terreur de ses compatriotes, le grand Tarasconnais tourmentait fiévreusement le manche de son coutelas; car, malgré ce qu'avait pu lui dire Barbassou, il n'était qu'à moitié rassuré sur les intentions de ces portefaix à peau d'ébène, qui ressemblaient si peu aux braves portefaix de Tarascon...

Cinq minutes après, la barque arrivait à terre,

et Tartarin posait le pied sur ce petit quai barbaresque, où, trois cents ans auparavant, un galérien espagnol nommé Michel Cervantès préparait – sous le bâton de la chiourme algérienne – un sublime roman qui devait s'appeler *Don Quichotte*[1] !

3

INVOCATION À CERVANTÈS
DÉBARQUEMENT
OÙ SONT LES TEURS ?
PAS DE TEURS
DÉSILLUSION

O MICHEL Cervantès Saavedra, si ce qu'on dit est vrai, qu'aux lieux où les grands hommes ont habité, quelque chose d'eux-mêmes erre et flotte dans l'air jusqu'à la fin des âges, ce qui restait de toi sur la plage barbaresque dut tressaillir de joie en voyant débarquer Tartarin de Tarascon, ce type merveilleux du Français du Midi en qui s'étaient incarnés les deux héros de ton livre, Don Quichotte et Sancho Pança ...

L'air était chaud ce jour-là. Sur le quai ruisselant de soleil, cinq ou six douaniers, des Algériens attendant des nouvelles de France, quelques Maures accroupis qui fumaient leurs longues pipes, des matelots maltais ramenant de grands filets où des milliers de sardines luisaient entre les mailles comme de petites pièces d'argent.

Mais à peine Tartarin eut-il mis pied à terre, le quai s'anima, changea d'aspect. Une bande de sauvages, encore plus hideux que les forbans du bateau, se dressa d'entre les cailloux de la berge et se rua sur le débarquant. Grands Arabes tout nus sous des couvertures de laine, petits Maures en guenilles, nègres, Tunisiens, Mahonais, M'zabites, garçons d'hôtel en tablier blanc, tous criant, hurlant, s'accrochant à ses habits, se disputant ses bagages, l'un emportant ses conserves, l'autre sa pharmacie, et, dans un charabia fantastique, lui jetant à la tête des noms d'hôtels invraisemblables...

Etourdi de tout ce tumulte, le pauvre Tartarin allait, venait, pestait, jurait, se démenait, courait après ses bagages, et, ne sachant comment se faire comprendre de ces barbares, les haranguait en français, en provençal, et même en latin, du latin de Pourceaugnac, *rosa, la rose, bonus, bona, bonum,* tout ce qu'il savait... Peine perdue. On ne l'écoutait pas... Heureusement qu'un petit homme, vêtu d'une tunique à collet jaune, et armé d'une longue canne de compagnon, intervint comme un dieu d'Homère dans la mêlée, et dispersa toute cette racaille à coups de bâton. C'était un sergent de ville algérien. Très poliment, il engagea Tartarin à descendre à l'hôtel de l'Europe, et le confia à des garçons de l'endroit qui l'emmenèrent, lui et ses bagages, en plusieurs brouettes.

Aux premiers pas qu'il fit dans Alger, Tartarin de Tarascon ouvrit de grands yeux. D'avance, il s'était figuré une ville orientale, féerique, mythologique, quelque chose tenant le milieu entre Constantinople et Zanzibar... Il tombait en plein Tarascon... Des cafés, des restaurants, de larges rues, des maisons à quatre étages, une petite place macadamisée où des musiciens de la ligne jouaient des polkas d'Offenbach, des messieurs sur des chaises buvant de la bière avec des échaudés, des dames, quelques lorettes[1], et puis des militaires, encore des militaires, toujours des militaires... et pas un *Teur*!... Il n'y avait que lui... Aussi, pour traverser la place, se trouva-t-il un peu gêné. Tout le monde le regardait. Les musiciens de la ligne s'arrêtèrent, et la polka d'Offenbach resta un pied en l'air.

Les deux fusils sur l'épaule, le revolver sur la hanche, farouche et majestueux comme Robinson Crusoé, Tartarin passa gravement au milieu de tous les groupes; mais, en arrivant à l'hôtel, ses forces l'abandonnèrent. Le départ de Tarascon, le port de Marseille, la traversée, le prince monténégrin, les pirates, tout se brouillait et roulait dans sa tête... Il fallut le monter à sa chambre, le désarmer, le déshabiller... Déjà même on parlait d'envoyer chercher un médecin; mais, à peine sur l'oreiller, le héros se mit à ronfler si haut et de si bon cœur, que l'hôtelier jugea les secours de la science inutiles, et tout le monde se retira discrètement.

4

LE PREMIER AFFÛT

TROIS heures sonnaient à l'horloge du Gouvernement, quand Tartarin se réveilla. Il avait dormi toute la matinée, toute la soirée, toute la nuit, et même un bon morceau de l'après-midi; il faut dire aussi que depuis trois jours la *chechia* en avait vu de rudes!...

La première pensée du héros, en ouvrant les yeux, fut celle-ci : « Je suis dans le pays du lion! » Et pourquoi ne pas le dire? à cette idée que ces lions étaient là tout près, à deux pas, et presque sous la main, et qu'il allait falloir en découdre, brr!... un froid mortel le saisit, et il se fourra intrépidement sous sa couverture.

Mais, au bout d'un moment, la gaieté du dehors, le ciel si bleu, le grand soleil qui ruisselait dans la chambre, un bon petit déjeuner qu'il se fit servir au lit, sa fenêtre grande ouverte sur la mer, le tout arrosé d'un excellent flacon de vin de Crescia[1], lui rendit bien vite son ancien héroïsme. « Au lion ! au lion ! » cria-t-il en rejetant sa couverture, et il s'habilla prestement.

Voici quel était son plan : sortir de la ville sans rien dire à personne, se jeter en plein désert, attendre la nuit, s'embusquer, et, au premier lion qui passerait, pan ! pan !... Puis revenir le lendemain déjeuner à l'hôtel de l'Europe, recevoir les félicitations des Algériens et fréter une charrette pour aller chercher l'animal.

Il s'arma donc à la hâte, roula sur son dos la tente-abri dont le gros manche montait d'un bon pied au-dessus de sa tête et, raide comme un pieu, descendit dans la rue. Là, ne voulant demander sa route à personne de peur de donner l'éveil sur ses projets, il tourna carrément à droite, enfila jusqu'au bout les arcades Bab-Azoun, où du fond de leurs noires boutiques des nuées de juifs algériens le regardaient passer, embusqués dans un coin comme des araignées; traversa la place du Théâtre, prit le faubourg et enfin la grande route poudreuse de Mustapha.

Il y avait sur cette route un encombrement fantastique. Omnibus, fiacres, corricolos[1], des fourgons du train, de grandes charrettes de foin traînées par des bœufs, des escadrons de chasseurs d'Afrique, des troupeaux de petits ânes microscopiques, des négresses qui vendaient des galettes, des voitures d'Alsaciens émigrants[2], des spahis en manteaux rouges, tout cela défilant dans un tourbillon de poussière, au milieu des cris, des chants, des trompettes, entre deux haies de méchantes baraques où l'on voyait de grandes Mahonaises[3] se peignant devant leurs portes, des cabarets pleins de soldats, des boutiques de bouchers, d'équarrisseurs...

« Qu'est-ce qu'ils me chantent donc avec leur Orient? pensait le grand Tartarin; il n'y a pas même tant de *Teurs* qu'à Marseille. »

Tout à coup, il vit passer près de lui, allongeant ses grandes jambes et rengorgé comme un dindon, un superbe chameau. Cela lui fit battre le cœur.

Des chameaux déjà! Les lions ne devaient pas être loin; et, en effet, au bout de cinq minutes, il vit arriver vers lui, le fusil sur l'épaule, toute une troupe de chasseurs de lions.

« Les lâches! se dit notre héros en passant à côté d'eux, les lâches! Aller au lion par bandes, et avec des chiens!... » Car il ne se serait jamais imaginé qu'en Algérie on pût chasser autre chose que des lions. Pourtant ces chasseurs avaient de si bonnes figures de commerçants retirés, et puis cette façon de chasser le lion avec des chiens et des carnassières était si patriarcale, que le Tarasconnais, un peu intrigué, crut devoir aborder un de ces messieurs.

« Et autrement, camarade, bonne chasse?

– Pas mauvaise, répondit l'autre en regardant d'un œil effaré l'armement considérable du guerrier de Tarascon.

– Vous en avez tué?

– Mais oui... pas mal... voyez plutôt. »

Et le chasseur algérien montrait sa carnassière, toute gonflée de lapins et de bécasses.

« Comment ça! votre carnassière?... Vous les mettez dans votre carnassière?

– Où voulez-vous donc que je les mette?

– Mais alors, c'est... c'est des tout petits...

– Des petits et puis des gros », fit le chasseur. Et comme il était pressé de rentrer chez lui, il rejoignait ses camarades à grandes enjambées...

L'intrépide Tartarin en resta planté de stupeur au milieu de la route... Puis, après un moment de réflexion : « Bah! se dit-il, ce sont des blagueurs... Ils n'ont rien tué du tout... » et il continua son chemin.

Déjà les maisons se faisaient plus rares, les passants aussi. La nuit tombait, les objets devenaient confus... Tartarin de Tarascon marcha encore une demi-heure. A la fin, il s'arrêta... C'était tout à fait la nuit. Nuit sans lune, criblée d'étoiles. Personne sur la route... Malgré tout, le héros pensa que les lions n'étaient pas des diligences et ne devaient pas volontiers suivre le grand chemin. Il se jeta à travers champs... A chaque pas des fossés, des ronces, des broussailles. N'importe! il marchait toujours... Puis tout à coup, halte! « Il y a du lion dans l'air, par ici », se dit notre homme, et il renifla fortement de droite et de gauche.

5

PAN ! PAN !

C'ÉTAIT un grand désert sauvage, tout hérissé de plantes bizarres, de ces plantes d'Orient qui ont l'air de bêtes méchantes. Sous le jour discret des étoiles, leur ombre agrandie s'étirait par terre en tous sens. A droite, la masse confuse et lourde d'une montagne, l'Atlas peut-être !... A gauche, la mer invisible, qui roulait sourdement... Un vrai gîte à tenter les fauves...

Un fusil devant lui, un autre dans les mains, Tartarin de Tarascon mit un genou en terre et attendit... Il attendit une heure, deux heures... Rien !

Alors il se souvint que, dans ses livres, les grands tueurs de lions n'allaient jamais à la chasse sans emmener un petit chevreau qu'ils attachaient à quelques pas devant eux et qu'ils faisaient crier en lui tirant la patte avec une ficelle. N'ayant pas de chevreau, le Tarasconnais eut l'idée d'essayer des imitations, et se mit à bêler d'une voix chevrotante : « Mé ! Mé... »

D'abord très doucement, parce qu'au fond de l'âme il avait tout de même un peu peur que le lion l'entendît... puis, voyant que rien ne venait, il bêla plus fort : « Mê!... Mê!... » Rien encore!... Impatienté, il reprit de plus belle et plusieurs fois de suite : « Mê!... Mê!... Mê!... » avec tant de puissance que ce chevreau finissait par avoir l'air d'un bœuf...

Tout à coup, à quelques pas devant lui, quelque chose de noir et de gigantesque s'abattit. Il se tut... Cela se baissait, flairait la terre, bondissait, se roulait, partait au galop, puis revenait et s'arrêtait net... c'était le lion, à n'en pas douter!... Maintenant on voyait très bien ses quatre pattes courtes, sa formidable encolure, et deux yeux, deux grands yeux qui luisaient dans l'ombre... En joue! feu! pan! pan!... C'était fait. Puis tout de suite un bondissement en arrière, et le coutelas de chasse au poing.

Au coup de feu du Tarasconnais, un hurlement terrible répondit.

« Il en a! » cria le bon Tartarin, et, ramassé sur ses fortes jambes, il se préparait à recevoir la bête; mais elle en avait plus que son compte et s'enfuit au triple galop en hurlant... Lui pourtant ne bougea pas. Il attendait la femelle... Toujours comme dans ses livres!

Par malheur la femelle ne vint pas. Au bout de deux ou trois heures d'attente, le Tarasconnais se lassa. La terre était humide, la nuit devenait fraîche, la bise de mer piquait.

« Si je faisais un somme en attendant le

jour ? » se dit-il, et, pour éviter les rhumatismes, il eut recours à la tente-abri... Mais voilà le diable ! cette tente-abri était d'un système si ingénieux, si ingénieux, qu'il ne put jamais venir à bout de l'ouvrir.

Il eut beau s'escrimer et suer pendant une heure, la damnée tente ne s'ouvrit pas... Il y a des parapluies qui, par des pluies torrentielles, s'amusent à vous jouer de ces tours-là... De guerre lasse, le Tarasconnais jeta l'ustensile par terre, et se coucha dessus, en jurant comme un vrai Provençal qu'il était.

« *Ta, ta, ra, ta ! Tarata !...* »

« *Quès aco ?...* » fit Tartarin, s'éveillant en sursaut.

C'étaient les clairons des chasseurs d'Afrique qui sonnaient la diane, dans les casernes de Mustapha... Le tueur de lions, stupéfait, se frotta les yeux... Lui qui se croyait en plein désert !... Savez-vous où il était ?... Dans un carré d'artichauts, entre un plant de choux-fleurs et un plant de betteraves.

Son Sahara avait des légumes... Tout près de lui, sur la jolie côte verte de Mustapha supérieur, des villas algériennes, toutes blanches, luisaient dans la rosée du jour levant : on se serait cru aux environs de Marseille, au milieu des *bastides* et des *bastidons.*

La physionomie bourgeoise et potagère de ce paysage endormi étonna beaucoup le pauvre homme, et le mit de fort méchante humeur.

« Ces gens-là sont fous, se disait-il, de planter

leurs artichauts dans le voisinage du lion... car enfin, je n'ai pas rêvé... Les lions viennent jusqu'ici... En voilà la preuve... »

La preuve, c'étaient des taches de sang que la bête en fuyant avait laissées derrière elle. Penché sur cette piste sanglante, l'œil aux aguets, le revolver au poing, le vaillant Tarasconnais arriva, d'artichaut en artichaut, jusqu'à un petit champ d'avoine... De l'herbe foulée, une mare de sang, et, au milieu de la mare, couché sur le flanc avec une large plaie à la tête, un... Devinez quoi !...

« Un lion, parbleu !... »

Non ! un âne, un de ces tout petits ânes qui sont si communs en Algérie et qu'on désigne là-bas sous le nom de *bourriquots*.

6

ARRIVÉE DE LA FEMELLE
TERRIBLE COMBAT
LE RENDEZ-VOUS DES LAPINS

Le premier mouvement de Tartarin à l'aspect de sa malheureuse victime fut un mouvement de dépit. Il y a si loin en effet d'un lion à un *bourriquot*!... Son second mouvement fut tout à la pitié. Le pauvre bourriquot était si joli; il avait l'air si bon! La peau de ses flancs, encore chaude, allait et venait comme une vague. Tartarin s'agenouilla, et du bout de sa ceinture algérienne essaya d'étancher le sang de la malheureuse bête; et ce grand homme soignant ce petit âne, c'était tout ce que vous pouvez imaginer de plus touchant.

Au contact soyeux de la ceinture, le bourriquot, qui avait encore pour deux liards de vie, ouvrit son grand œil gris, remua deux ou trois fois ses longues oreilles comme pour dire : « Merci !... merci !... » Puis une dernière convulsion l'agita de tête en queue et il ne bougea plus.

« Noiraud ! Noiraud ! » cria tout à coup une voix étranglée par l'angoisse. En même temps dans un taillis voisin les branches remuèrent... Tartarin n'eut que le temps de se relever et de se mettre en garde... C'était la femelle !

Elle arriva, terrible et rugissante, sous les traits d'une vieille Alsacienne en marmotte[1], armée d'un grand parapluie rouge et réclamant son âne à tous les échos de Mustapha. Certes il aurait mieux valu pour Tartarin avoir affaire à une lionne en furie qu'à cette méchante vieille... Vainement le malheureux essaya de lui faire entendre comment la chose s'était passée; qu'il avait pris Noiraud pour un lion... La vieille crut qu'on voulait se moquer d'elle, et poussant d'énergiques « tarteifle[2] ! » tomba sur le héros à coups de parapluie. Tartarin, un peu confus, se défendait de son mieux, parait les coups avec sa carabine, suait, soufflait, bondissait, criait : « Mais madame... mais madame... »

Va te promener ! Madame était sourde, et sa vigueur le prouvait bien.

Heureusement un troisième personnage arriva sur le champ de bataille. C'était le mari de l'Alsacienne, Alsacien lui-même et cabaretier, de plus, fort bon comptable. Quand il vit à qui il avait affaire, et que l'assassin ne demandait qu'à payer le prix de la victime, il désarma son épouse et l'on s'entendit.

Tartarin donna deux cents francs; l'âne en valait bien dix. C'est le prix courant des *bourriquots* sur les marchés arabes. Puis on enterra le pauvre Noiraud au pied d'un figuier, et l'Alsacien, mis en bonne humeur par la couleur des douros tarasconnais, invita le héros à venir rompre une croûte à son cabaret, qui se trouvait à quelques pas de là, sur le bord de la grande route.

Les chasseurs algériens venaient y déjeuner tous les dimanches, car la plaine était giboyeuse et à deux lieues autour de la ville il n'y avait pas de meilleur endroit pour les lapins.

« Et les lions ? » demanda Tartarin.

L'Alsacien le regarda, très étonné :

« Les lions ?

– Oui... les lions... en voyez-vous quelquefois ? », reprit le pauvre homme avec un peu moins d'assurance.

Le cabaretier éclata de rire.

« Ah ! ben ! merci... Des lions... pour quoi faire ?...

– Il n'y en a donc pas en Algérie ?...

– Ma foi ! je n'en ai jamais vu... Et pourtant voilà vingt ans que j'habite la province. Cependant je crois bien avoir entendu dire... Il me semble que les journaux... Mais c'est beaucoup plus loin, là-bas, dans le Sud... »

A ce moment, ils arrivaient au cabaret. Un cabaret de banlieue, comme on en voit à Vanves ou à Pantin, avec un rameau tout fané au-dessus de la porte, des queues de billard peintes sur les murs et cette enseigne inoffensive :

AU RENDEZ-VOUS DES LAPINS

Le Rendez-vous des Lapins !... O Bravida, quel souvenir !

7

HISTOIRE D'UN OMNIBUS, D'UNE MAURESQUE ET D'UN CHAPELET DE FLEURS DE JASMIN

CETTE première aventure aurait eu de quoi décourager bien des gens; mais les hommes trempés comme Tartarin ne se laissent pas facilement abattre.

« Les lions sont dans le Sud, pensa le héros, eh bien! j'irai dans le Sud. »

Et dès qu'il eut avalé son dernier morceau, il se leva, remercia son hôte, embrassa la vieille sans rancune, versa une dernière larme sur l'infortuné Noiraud, et retourna bien vite à Alger avec la ferme intention de boucler ses malles et de partir le jour même pour le Sud.

Malheureusement la grande route de Mustapha semblait s'être allongée depuis la veille : il faisait un soleil, une poussière! La tente-abri était d'un lourd!... Tartarin ne se sentit pas le courage d'aller à pied jusqu'à la ville, et le premier omnibus qui passa, il fit signe et monta dedans...

Ah! pauvre Tartarin de Tarascon! Combien il aurait mieux fait pour son nom, pour sa gloire, de ne pas entrer dans cette fatale guimbarde et de continuer pédestrement sa route, au risque de tomber asphyxié sous le poids de l'atmosphère, de la tente-abri et de ses lourds fusils rayés à doubles canons...

Tartarin étant monté, l'omnibus fut complet. Il y avait au fond, le nez dans son bréviaire, un vicaire d'Alger à grande barbe noire. En face, un jeune marchand maure, qui fumait de grosses cigarettes. Puis, un matelot maltais, et quatre ou cinq Mauresques masquées de linges blancs, et dont on ne pouvait voir que les yeux. Ces dames venaient de faire leurs dévotions au cimetière d'Abd-el-Kader; mais cette visite funèbre ne semblait pas les avoir attristées. On les entendait rire et jacasser entre elles sous leurs masques, en croquant des pâtisseries.

Tartarin crut s'apercevoir qu'elles le regardaient beaucoup. Une surtout, celle qui était assise en face de lui, avait planté son regard dans le sien, et ne le retira pas de toute la route. Quoique la dame fût voilée, la vivacité de ce grand œil noir allongé par le khôl, un poignet délicieux et fin chargé de bracelets d'or qu'on entrevoyait de temps en temps entre les voiles, tout, le son de la voix, les mouvements gracieux, presque enfantins de la tête, disait qu'il y avait là-dessous quelque chose de jeune, de joli, d'adorable... Le malheureux Tartarin ne savait où se fourrer. La caresse muette de ces beaux yeux d'Orient le troublait, l'agitait, le faisait mourir; il avait chaud, il avait froid...

Pour l'achever, la pantoufle de la dame s'en mêla : sur ses grosses bottes de chasse, il la sentait courir, cette mignonne pantoufle, courir et frétiller comme une petite souris rouge... Que faire ? Répondre à ce regard, à cette pression ! Oui, mais les conséquences... Une intrigue d'amour en Orient, c'est quelque chose de terrible !... Et avec son imagination romanesque et méridionale, le brave Tarasconnais se voyait déjà tombant aux mains des eunuques, décapité, mieux que cela peut-être, cousu dans un sac de cuir, et roulant sur la mer, sa tête à côté de lui. Cela le refroidissait un peu... En attendant, la petite pantoufle continuait son manège, et les yeux d'en face s'ouvraient tout grands vers lui comme deux fleurs de velours noir, en ayant l'air de dire :

« Cueille-nous !... »

L'omnibus s'arrêta. On était sur la place du Théâtre, à l'entrée de la rue Bab-Azoun. Une à une, empêtrées dans leurs grands pantalons et serrant leurs voiles contre elles avec une grâce sauvage, les Mauresques descendirent. La voisine de Tartarin se leva la dernière, et en se levant son visage passa si près de celui du héros qu'il l'effleura de son haleine, un vrai bouquet de jeunesse, de jasmin, de musc et de pâtisserie.

Le Tarasconnais n'y résista pas. Ivre d'amour et prêt à tout, il s'élança derrière la Mauresque... Au bruit de ses buffleteries, elle se retourna, mit un doigt sur son masque comme pour dire « chut ! »

et vivement, de l'autre main, elle lui jeta un petit chapelet parfumé, fait avec des fleurs de jasmin. Tartarin de Tarascon se baissa pour le ramasser; mais, comme notre héros était un peu lourd et très chargé d'armures, l'opération fut assez longue...

Quand il se releva, le chapelet de jasmin sur son cœur, la Mauresque avait disparu.

8

LIONS DE L'ATLAS, DORMEZ !

Lions de l'Atlas, dormez ! Dormez tranquilles au fond de vos retraites, dans les aloès et les cactus sauvages... De quelques jours encore, Tartarin de Tarascon ne vous massacrera point. Pour le moment, tout son attirail de guerre – caisse d'armes, pharmacie, tente-abri, conserves alimentaires –, repose, paisiblement emballé, à l'hôtel d'Europe dans un coin de la chambre 36.

Dormez sans peur, grands lions roux ! Le Tarasconnais cherche sa Mauresque. Depuis l'histoire de l'omnibus, le malheureux croit sentir perpétuellement sur son pied, sur son vaste pied de trappeur, les frétillements de la petite souris rouge; et la brise de mer, en effleurant ses lèvres, se parfume toujours – quoi qu'il fasse – d'une amoureuse odeur de pâtisserie et d'anis.

Il lui faut sa Maugrabine !

Mais ce n'est pas une mince affaire ! Retrouver dans une ville de cent mille âmes une personne dont on ne connaît que l'haleine, les pantoufles et la couleur des yeux : il n'y a qu'un Tarasconnais, féru d'amour, capable de tenter une pareille aventure.

Le terrible c'est que, sous leurs grands masques blancs, toutes les Mauresques se ressemblent; puis ces dames ne sortent guère et, quand on veut en voir, il faut monter dans la ville haute, la ville arabe, la ville des *Teurs.*

Un vrai coupe-gorge, cette ville haute. De petites ruelles noires très étroites, grimpant à pic entre deux rangées de maisons mystérieuses dont les toitures se rejoignent et font tunnel. Des portes basses, des fenêtres toutes petites, muettes, tristes, grillagées. Et puis, de droite et de gauche, un tas d'échoppes très sombres où des *Teurs* farouches à têtes de forbans – yeux blancs et dents brillantes – fument de longues pipes, et se parlent à voix basse comme pour concerter de mauvais coups.

Dire que notre Tartarin traversait sans émotion cette cité formidable, ce serait mentir. Il était au contraire très ému, et dans ces ruelles obscures, dont son gros ventre tenait toute la largeur, le brave homme n'avançait qu'avec la plus grande précaution, l'œil aux aguets, le doigt sur la détente d'un revolver. Tout à fait comme à Tarascon, en allant au cercle. A chaque instant il s'attendait à recevoir sur le dos toute une dégringolade d'eunuques et de janissaires, mais le désir de revoir sa dame lui donnait une audace et une force de géant.

Huit jours durant, l'intrépide Tartarin ne quitta pas la ville haute. Tantôt on le voyait faire le pied de grue devant les bains maures, attendant l'heure où ces dames sortent par bandes, frissonnantes et sentant le bain; tantôt il apparaissait accroupi à la porte des mosquées, suant et soufflant pour quitter ses grosses bottes avant d'entrer dans le sanctuaire...

Parfois, à la tombée de la nuit, quand il s'en revenait navré de n'avoir rien découvert, pas plus au bain qu'à la mosquée, le Tarasconnais, en passant devant les maisons mauresques, entendait des chants monotones, des sons étouffés de guitares, des roulements de tambours de basque, et des petits rires de femme qui lui faisaient battre le cœur.

« Elle est peut-être là ! » se disait-il.

Alors, si la rue était déserte, il s'approchait d'une de ces maisons, levait le lourd marteau de la poterne basse, et frappait timidement... Aussitôt les chants, les rires cessaient. On n'entendait plus derrière la muraille que de petits chuchotements vagues, comme dans une volière endormie.

« Tenons-nous bien ! pensait le héros. Il va m'arriver quelque chose ! »

Ce qui lui arrivait le plus souvent, c'était une grande potée d'eau froide sur la tête, ou bien des peaux d'oranges et de figues de Barbarie... Jamais rien de plus grave...

Lions de l'Atlas, dormez !

9

LE PRINCE GRÉGORY DU MONTÉNÉGRO

Il y avait deux grandes semaines que l'infortuné Tartarin cherchait sa dame algérienne, et très vraisemblablement il la chercherait encore, si la Providence des amants n'était venue à son aide sous les traits d'un gentilhomme monténégrin.

Voici :

En hiver, toutes les nuits de samedi, le grand théâtre d'Alger donne son bal masqué, ni plus ni moins que l'Opéra. C'est l'éternel et insipide bal masqué de province. Peu de monde dans la salle, quelques épaves de Bullier ou du Casino[1], vierges folles suivant l'armée, chicards fanés[2], débardeurs en déroute, et cinq ou six petites blanchisseuses mahonaises qui se lancent, mais gardent de leur temps de vertu un vague parfum d'ail et de sauces safranées... Le vrai coup d'œil n'est pas là. Il est au foyer, transformé pour la circonstance en salon de jeu... Une foule fiévreuse et bariolée s'y bouscule, autour des longs tapis verts : des turcos[3] en permission misant les gros sous du prêt, des

Maures marchands de la ville haute, des nègres, des Maltais, des colons de l'intérieur qui ont fait quarante lieues pour venir hasarder sur un as l'argent d'une charrue ou d'un couple de bœufs... tous frémissants, pâles, les dents serrées, avec ce regard singulier du joueur, trouble, en biseau, devenu louche à force de fixer toujours la même carte.

Plus loin, ce sont des tribus de juifs algériens, jouant en famille. Les hommes ont le costume oriental hideusement agrémenté de bas bleus et de casquettes de velours. Les femmes, bouffies et blafardes, se tiennent toutes raides dans leurs étroits plastrons d'or... Groupée autour des tables, toute la tribu piaille, se concerte, compte sur ses doigts et joue peu. De temps en temps seulement, après de longs conciliabules, un vieux patriarche à barbe de Père éternel se détache et va risquer le douro familial... C'est alors, tant que la partie dure, un scintillement d'yeux hébraïques tournés vers la table, terribles yeux d'aimant noir qui font frétiller les pièces d'or sur le tapis et finissent par les attirer tout doucement comme par un fil...

Puis des querelles, des batailles, des jurons de tous les pays, des cris fous dans toutes les langues, des couteaux qu'on dégaine, la garde qui monte, de l'argent qui manque!...

C'est au milieu de ces saturnales que le grand Tartarin était venu s'égarer un soir pour chercher l'oubli et la paix du cœur.

Le héros s'en allait seul, dans la foule, pensant malgré tout à sa Mauresque, quand, tout à coup, à une table de jeu, par-dessus les cris, le bruit de l'or, deux voix irritées s'élevèrent :

« Je vous dis qu'il me manque vingt francs, M'sieu !...

– M'sieu !...

– Après ?... M'sieu !...

– Apprenez à qui vous parlez, M'sieu !

– Je ne demande pas mieux, M'sieu !

– Je suis le prince Grégory du Monténégro, M'sieu !... »

A ce nom, Tartarin, tout ému, fendit la foule et vint se placer au premier rang, joyeux et fier de retrouver son prince, ce prince monténégrin si poli dont il avait ébauché la connaissance à bord du paquebot...

Malheureusement, ce titre d'altesse, qui avait tant ébloui le bon Tarasconnais, ne produisit pas la moindre impression sur l'officier de chasseurs avec qui le prince avait son algarade.

« Me voilà bien avancé... », fit le militaire en ricanant; puis se tournant vers la galerie : « Grégory du Monténégro... Qui connaît ça ?... Personne ! »

Tartarin indigné fit un pas en avant.

« Pardon... je connais le *préïnce* ! », dit-il d'une voix très ferme, et de son plus bel accent tarasconnais.

L'officier de chasseurs le regarda un moment bien en face, puis levant les épaules :

« Allons ! c'est bon... Partagez-vous les vingt francs qui manquent et qu'il n'en soit plus question. »

Là-dessus il tourna le dos et se perdit dans la foule.

Le fougueux Tartarin voulait s'élancer derrière lui, mais le prince l'en empêcha :

« Laissez... j'en fais mon affaire. »

Et, prenant le Tarasconnais par le bras, il l'entraîna dehors rapidement.

Dès qu'ils furent sur la place, le prince Grégory du Monténégro se découvrit, tendit la main à notre héros et, se rappelant vaguement son nom, commença d'une voix vibrante :

« Monsieur Barbarin...

– Tartarin ! souffla l'autre timidement.

– Tartarin, Barbarin, n'importe ! Entre nous, maintenant, c'est à la vie, à la mort ! »

Et le noble Monténégrin[1] lui secoua la main avec une farouche énergie... Vous pensez si le Tarasconnais était fier.

« *Préïnce ! Préïnce !...* » répétait-il avec ivresse.

Un quart d'heure après, ces deux messieurs étaient installés au restaurant des Platanes, agréable maison de nuit dont les terrasses plongent sur la mer, et là, devant une forte salade russe arrosée d'un joli vin de Crescia, on renoua connaissance.

Vous ne pouvez rien imaginer de plus séduisant que ce prince monténégrin. Mince, fin, les cheveux crépus, frisé au petit fer, rasé à la pierre ponce, constellé d'ordres bizarres, il avait l'œil futé, le geste câlin et un accent vaguement italien qui lui donnait un faux air de Mazarin sans moustaches ; très ferré d'ailleurs sur les langues latines, et citant à tout propos Tacite, Horace et les *Commentaires.*

De vieille race héréditaire, ses frères l'avaient, paraît-il, exilé dès l'âge de dix ans, à cause de ses opinions libérales, et depuis il courait le monde pour son instruction et son plaisir, en Altesse philosophe... Coïncidence singulière! Le prince avait passé trois ans à Tarascon, et comme Tartarin s'étonnait de ne l'avoir jamais rencontré au cercle ou sur l'Esplanade : « Je sortais peu... » fit l'Altesse d'un ton évasif. Et le Tarasconnais, par discrétion, n'osa pas en demander davantage. Toutes ces grandes existences ont des côtés si mystérieux!...

En fin de compte, un très bon prince, ce seigneur Grégory. Tout en sirotant le vin rosé de Crescia, il écouta patiemment Tartarin lui parler de sa Mauresque et même il se fit fort, connaissant toutes ces dames, de la retrouver promptement.

On but sec et longtemps. On trinqua « aux dames d'Alger! au Monténégro libre!... »

Dehors, sous la terrasse, la mer roulait et les vagues, dans l'ombre, battaient la rive avec un bruit de draps mouillés qu'on secoue. L'air était chaud, le ciel plein d'étoiles.

Dans les platanes, un rossignol chantait...

Ce fut Tartarin qui paya la note.

10

DIS-MOI LE NOM DE TON PÈRE, ET JE TE DIRAI LE NOM DE CETTE FLEUR

PARLEZ-MOI des princes monténégrins pour lever prestement la caille.

Le lendemain de cette soirée aux Platanes, dès le petit jour, le prince Grégory était dans la chambre du Tarasconnais.

« Vite, vite, habillez-vous... Votre Mauresque est retrouvée... Elle s'appelle Baïa... Vingt ans, jolie comme un cœur, et déjà veuve...

– Veuve!... quelle chance! fit joyeusement le brave Tartarin, qui se méfiait des maris d'Orient.

– Oui, mais très surveillée par son frère.

– Ah! diantre!...

– Un Maure farouche qui vend des pipes au bazar d'Orléans... »

Ici un silence.

« Bon! reprit le prince, vous n'êtes pas homme à vous effrayer pour si peu; et puis on viendra peut-être à bout de ce forban en lui achetant quelques pipes... Allons vite, habillez-vous... heureux coquin! »

Pâle, ému, le cœur plein d'amour, le Tarasconnais sauta de son lit et, boutonnant à la hâte son vaste caleçon de flanelle :

« Qu'est-ce qu'il faut que je fasse?

– Ecrire à la dame tout simplement, et lui demander un rendez-vous!

– Elle sait donc le français?... fit d'un air désappointé le naïf Tartarin qui rêvait d'Orient sans mélange.

– Elle n'en sait pas un mot, répondit le prince imperturbablement... mais vous allez me dicter la lettre, et je traduirai à mesure.

– O prince, que de bontés! »

Et le Tarasconnais se mit à marcher à grands pas dans la chambre, silencieux et se recueillant.

Vous pensez qu'on n'écrit pas à une Mauresque d'Alger comme à une grisette de Beaucaire. Fort heureusement que notre héros avait par-devers lui ses nombreuses lectures qui lui permirent, en amalgamant la rhétorique apache des Indiens de Gustave Aimard avec le *Voyage en Orient* de Lamartine, et quelques lointaines réminiscences du *Cantique des Cantiques*, de composer la lettre la plus orientale qu'il se pût voir. Cela commençait par :

« Comme l'autruche dans les sables... »

Et finissait par :

« Dis-moi le nom de ton père, et je te dirai le nom de cette fleur... »

A cet envoi, le romanesque Tartarin aurait bien

voulu joindre un bouquet de fleurs emblématiques, à la mode orientale; mais le prince Grégory pensa qu'il valait mieux acheter quelques pipes chez le frère, ce qui ne manquerait pas d'adoucir l'humeur sauvage du monsieur et ferait certainement très grand plaisir à la dame, qui fumait beaucoup.

« Allons vite acheter des pipes! fit Tartarin plein d'ardeur.

– Non!... non!... Laissez-moi y aller seul. Je les aurai à meilleur compte...

– Comment! vous voulez... O prince... prince... » Et le brave homme, tout confus, tendit sa bourse à l'obligeant Monténégrin, en lui recommandant de ne rien négliger pour que la dame fût contente.

Malheureusement l'affaire – quoique bien lancée – ne marcha pas aussi vite qu'on aurait pu l'espérer. Très touchée, paraît-il, de l'éloquence de Tartarin et du reste aux trois quarts séduite par avance, la Mauresque n'aurait pas mieux demandé que de le recevoir; mais le frère avait des scrupules, et, pour les endormir, il fallut acheter des douzaines, des grosses, des cargaisons de pipes...

« Qu'est-ce que diable Baïa peut faire de toutes ces pipes? », se demandait parfois le pauvre Tartarin; – mais il payait quand même et sans lésiner.

Enfin, après avoir acheté des montagnes de pipes et répandu des flots de poésie orientale, on obtint un rendez-vous.

Je n'ai pas besoin de vous dire avec quels battements de cœur le Tarasconnais s'y prépara, avec quel soin ému il tailla, lustra, parfuma sa rude barbe de chasseur de casquettes, sans oublier – car il faut tout prévoir – de glisser dans sa poche un casse-tête à pointes et deux ou trois revolvers.

Le prince, toujours obligeant, vint à ce premier rendez-vous en qualité d'interprète. La dame habitait dans le haut de la ville. Devant sa porte, un jeune Maure de treize à quatorze ans fumait des cigarettes. C'était le fameux Ali, le frère en question. En voyant arriver les deux visiteurs, il frappa deux coups à la poterne et se retira discrètement.

La porte s'ouvrit. Une négresse parut qui, sans dire un seul mot, conduisit ces messieurs à travers l'étroite cour intérieure dans une petite chambre fraîche où la dame attendait, accoudée sur un lit bas... Au premier abord, elle parut au Tarasconnais plus petite et plus forte que la Mauresque de l'omnibus... Au fait, était-ce bien la même? Mais ce soupçon ne fit que traverser le cerveau de Tartarin comme un éclair.

La dame était si jolie ainsi avec ses pieds nus, ses doigts grassouillets chargés de bagues, rose, fine, et sous son corselet de drap doré, sous les ramages de sa robe à fleurs laissant deviner une aimable personne un peu boulotte, friande à point, et ronde de partout... Le tuyau d'ambre d'un narghilé fumait à ses lèvres et l'enveloppait toute d'une gloire de fumée blonde.

En entrant, le Tarasconnais posa une main sur son cœur, et s'inclina le plus mauresquement possible, en roulant de gros yeux passionnés... Baïa le regarda un moment sans rien dire; puis, lâchant son tuyau d'ambre, se renversa en arrière, cacha sa tête dans ses mains, et l'on ne vit plus que son cou blanc qu'un fou rire faisait danser comme un sac rempli de perles.

11

SIDI TART'RI BEN TART'RI

Si vous entriez, un soir, à la veillée, chez les cafetiers algériens de la ville haute, vous entendriez encore aujourd'hui les Maures causer entre eux, avec des clignements d'yeux et de petits rires, d'un certain Sidi Tart'ri ben Tart'ri, Européen aimable et riche qui – voici quelques années déjà – vivait dans les hauts quartiers avec une petite dame du cru appelée Baïa.

Le Sidi Tart'ri en question, qui a laissé de si gais souvenirs autour de la Casbah, n'est autre, on le devine, que notre Tartarin...

Qu'est-ce que vous voulez? Il y a comme cela, dans la vie des saints et des héros, des heures d'aveuglement, de trouble, de défaillance. L'illustre Tarasconnais n'en fut pas plus exempt qu'un autre, et c'est pourquoi – deux mois durant – oublieux des lions et de la gloire, il se grisa d'amour oriental et s'endormit, comme Annibal à Capoue, dans les délices d'Alger la Blanche.

Le brave homme avait loué au cœur de la ville

arabe une jolie maisonnette indigène avec cour intérieure, bananiers, galeries fraîches et fontaines. Il vivait là loin de tout bruit en compagnie de sa Mauresque[1], Maure lui-même de la tête aux pieds, soufflant tout le jour dans son narghilé, et mangeant des confitures au musc.

Etendue sur un divan en face de lui, Baïa, la guitare au poing, nasillait des airs monotones, ou bien pour distraire son seigneur elle mimait la danse du ventre, en tenant à la main un petit miroir dans lequel elle mirait ses dents blanches et se faisait des mines.

Comme la dame ne savait pas un mot de français ni Tartarin un mot d'arabe, la conversation languissait quelquefois, et le bavard Tarasconnais avait tout le temps de faire pénitence pour les intempérances de langage dont il s'était rendu coupable à la pharmacie Bézuquet ou chez l'armurier Costecalde.

Mais cette pénitence même ne manquait pas de charme, et c'était comme un spleen voluptueux qu'il éprouvait à rester là tout le jour sans parler, en écoutant le glouglou du narghilé, le frôlement de la guitare et le bruit léger de la fontaine dans les mosaïques de la cour.

Le narghilé, le bain, l'amour remplissaient toute sa vie. On sortait peu. Quelquefois Sidi Tart'ri, sa dame en croupe, s'en allait sur une brave mule manger des grenades à un petit jardin qu'il avait acheté aux environs... Mais jamais, au grand jamais, il ne descendait dans la ville européenne. Avec ses zouaves en ribote, ses alcazars bourrés d'officiers, et son éternel bruit de sabres traînant sous les arcades, cet Alger-là lui semblait insupportable et laid comme un corps de garde d'Occident.

En somme, le Tarasconnais était très heureux. Tartarin-Sancho surtout, très friand de pâtisseries turques, se déclarait on ne peut plus satisfait de sa nouvelle existence... Tartarin-Quichotte, lui, avait bien par-ci par-là quelques remords, en pensant à Tarascon et aux peaux promises... Mais cela ne durait pas, et pour chasser ses tristes idées il suffisait d'un regard de Baïa ou d'une cuillerée de ces diaboliques confitures odorantes et troublantes comme des breuvages de Circé.

Le soir, le prince Grégory venait parler un peu du Monténégro libre... D'une complaisance infatigable, cet aimable seigneur remplissait dans la maison les fonctions d'interprète, au besoin même celles d'intendant, et tout cela pour rien, pour le plaisir... A part lui, Tartarin ne recevait que des *Teurs.* Tous ces forbans à têtes farouches, qui naguère lui faisaient tant de peur du fond de leurs noires échoppes, se trouvèrent être, une fois qu'il les connut, de bons commerçants inoffensifs, des brodeurs, des marchands d'épices, des tourneurs de tuyaux de pipes, tous gens bien élevés, humbles, finauds, discrets et de première force à la bouillotte[1]. Quatre ou cinq fois par semaine, ces messieurs venaient passer la soirée chez Sidi Tart'ri, lui gagnaient son argent, lui mangeaient ses confitures, et sur le coup de dix heures se retiraient discrètement en remerciant le Prophète.

Derrière eux, Sidi Tart'ri et sa fidèle épouse finissaient la soirée sur leur terrasse, une grande terrasse blanche qui faisait toit à la maison et dominait la ville. Tout autour, un millier d'autres terrasses blanches aussi, tranquilles sous le clair de lune, descendaient en s'échelonnant jusqu'à la mer. Des fredons de guitare arrivaient, portés par la brise.

... Soudain, comme un bouquet d'étoiles, une grande mélodie claire s'égrenait doucement dans le ciel, et, sur le minaret de la mosquée voisine, un beau muezzin apparaissait, découpant son ombre blanche dans le bleu profond de la nuit, et chantant la gloire d'Allah avec une voix merveilleuse qui remplissait l'horizon.

Aussitôt Baïa lâchait sa guitare, et ses grands yeux tournés vers le muezzin semblaient boire la prière avec délices. Tant que le chant durait, elle restait là, frissonnante, extasiée, comme une sainte Thérèse d'Orient... Tartarin, tout ému, la regardait prier et pensait en lui-même que c'était une forte et belle religion, celle qui pouvait causer des ivresses de foi pareilles.

Tarascon, voile-toi la face! ton Tartarin songeait à se faire renégat.

12

ON NOUS ÉCRIT DE TARASCON

PAR un bel après-midi de ciel bleu et de brise tiède, Sidi Tart'ri à califourchon sur sa mule revenait tout seulet de son petit clos... Les jambes écartées par de larges couffins en sparterie[1] que gonflaient les cédrats et les pastèques, bercé au bruit de ses grands étriers et suivant de tout son corps le *balin-balan* de la bête, le brave homme s'en allait ainsi dans un paysage adorable, les deux mains croisées sur son ventre, aux trois quarts assoupi par le bien-être et la chaleur.

Tout à coup, en entrant dans la ville, un appel formidable le réveilla.

« Hé! monstre de sort! on dirait monsieur Tartarin. »

A ce nom de Tartarin, à cet accent joyeusement méridional, le Tarasconnais leva la tête et aperçut à deux pas de lui la brave figure tannée de maître Barbassou, le capitaine du *Zouave*, qui prenait l'absinthe en fumant sa pipe sur la porte d'un petit café.

« Hé! adieu, Barbassou », fit Tartarin en arrêtant sa mule.

Au lieu de lui répondre, Barbassou le regarda un moment avec de grands yeux; puis le voilà parti à rire, à rire tellement, que Sidi Tart'ri en resta tout interloqué, le derrière sur ses pastèques.

« *Qué turban, mon pauvre monsieur Tartarin!... C'est donc vrai ce qu'on dit, que vous vous êtes fait Teur?...* Et la petite Baïa, est-ce qu'elle chante toujours *Marco la belle*[1]?

– *Marco la belle!* fit Tartarin indigné... Apprenez, capitaine, que la personne dont vous parlez est une honnête fille maure, et qu'elle ne sait pas un mot de français.

– Baïa, pas un mot de français?... D'où sortez-vous donc?... »

Et le brave capitaine se remit à rire plus fort.

Puis voyant la mine du pauvre Sidi Tart'ri qui s'allongeait, il se ravisa.

« Au fait, ce n'est peut-être pas la même... Mettons que j'aie confondu... Seulement, voyez-vous, monsieur Tartarin, vous ferez tout de même bien de vous méfier des Mauresques algériennes et des princes du Monténégro!... »

Tartarin se dressa sur ses étriers en faisant sa moue.

« Le prince est mon ami, capitaine.

– Bon! Bon! ne nous fâchons pas... Vous ne

prenez pas une absinthe? Non. Rien à faire dire au pays?... Non plus... Eh bien! alors, bon voyage... A propos, collègue, j'ai là du bon tabac de France, si vous en vouliez emporter quelques pipes... Prenez donc! prenez donc! ça vous fera du bien... Ce sont vos sacrés tabacs d'Orient qui vous barbouillent les idées. »

Là-dessus le capitaine retourna à son absinthe et Tartarin, tout pensif, reprit au petit galop le chemin de sa maisonnette... Bien que sa grande âme se refusât à rien en croire, les insinuations de Barbassou l'avaient attristé, puis ces jurons du cru, l'accent de là-bas, tout cela éveillait en lui de vagues remords.

Au logis, il ne trouva personne. Baïa était au bain... La négresse lui parut laide, la maison triste... En proie à une indéfinissable mélancolie, il vint s'asseoir près de la fontaine et bourra une pipe avec le tabac de Barbassou. Ce tabac était enveloppé dans un fragment du *Sémaphore* [1]. En le déployant, le nom de sa ville natale lui sauta aux yeux.

On nous écrit de Tarascon :

La ville est dans les transes, Tartarin, le tueur de lions, parti pour chasser les grands félins en Afrique, n'a pas donné de ses nouvelles depuis plusieurs mois. Qu'est devenu notre héroïque compatriote?... On ose à peine se le demander, quand on a connu comme nous cette tête ardente, cette audace, ce besoin d'aventures. A-t-il été comme tant d'autres englouti dans le sable, ou bien est-il tombé sous la dent meurtrière d'un de ces monstres de l'Atlas dont il avait promis les peaux à la municipalité?... Terrible incertitude! Pourtant des marchands nègres, venus à la foire de Beaucaire, prétendent avoir rencontré en plein désert un Européen dont le signalement se rapportait au sien, et qui se dirigeait vers Tombouctou... Dieu nous garde notre Tartarin!

Quand il lut cela, le Tarasconnais rougit, pâlit, frissonna. Tout Tarascon lui apparut : le cercle, les chasseurs de casquettes, le fauteuil vert chez Costecalde, et, planant au-dessus comme un aigle déployé, la formidable moustache du brave commandant Bravida.

Alors, de se voir là, comme il était, lâchement accroupi sur sa natte, tandis qu'on le croyait en train de massacrer des fauves, Tartarin de Tarascon eut honte de lui-même et pleura.

Tout à coup le héros bondit :

« Au lion! au lion! »

Et s'élançant dans le réduit poudreux où dormaient la tente-abri, la pharmacie, les conserves, la caisse d'armes, il les traîna au milieu de la cour.

Tartarin-Sancho venait d'expirer; il ne restait plus que Tartarin-Quichotte.

Le temps d'inspecter son matériel, de s'armer, de se harnacher, de rechausser ses grandes bottes, d'écrire deux mots au prince pour lui confier Baïa, le temps de glisser sous l'enveloppe quelques billets bleus mouillés de larmes, et l'intrépide Tarasconnais roulait en diligence sur la route de Blidah, laissant à la maison sa négresse stupéfaite devant le narghilé, le turban, les babouches, toute la défroque musulmane de Sidi Tart'ri qui traînait piteusement sous les petits trèfles blancs de la galerie...

TROISIÈME ÉPISODE

CHEZ LES LIONS

1

LES DILIGENCES DÉPORTÉES

C'ÉTAIT une vieille diligence d'autrefois, capitonnée à l'ancienne mode de drap gros bleu tout fané, avec ces énormes pompons de laine rêche qui, après quelques heures de route, finissent par vous faire des moxas dans le dos... Tartarin de Tarascon avait un coin de la rotonde; il s'y installa de son mieux, et en attendant de respirer les émanations musquées des grands félins d'Afrique, le héros dut se contenter de cette bonne vieille odeur de diligence, bizarrement composée de mille odeurs, hommes, chevaux, femmes et cuir, victuailles et paille moisie.

Il y avait de tout un peu dans cette rotonde. Un trappiste, des marchands juifs, deux cocottes qui rejoignaient leur corps – le 3e hussards –, un photographe d'Orléansville[1]... Mais, si charmante et variée que fût la compagnie, le Tarasconnais n'était pas en train de causer et resta là tout pensif, le bras passé dans la brassière, avec ses carabines entre ses genoux... Son départ précipité, les yeux noirs de Baïa, la terrible chasse qu'il allait entreprendre, tout cela lui troublait la cervelle, sans compter qu'avec son bon air patriarcal, cette diligence européenne, retrouvée en pleine Afrique, lui rappelait vaguement le Tarascon de sa jeunesse, des courses dans la banlieue, de petits dîners au bord du Rhône, une foule de souvenirs...

Peu à peu la nuit tomba. Le conducteur alluma ses lanternes... La diligence rouillée sautait en criant sur ses vieux ressorts; les chevaux trottaient, les grelots tintaient... De temps en temps, là-haut, sous la bâche de l'impériale, un terrible bruit de ferraille... C'était le matériel de guerre.

Tartarin de Tarascon, aux trois quarts assoupi, resta un moment à regarder les voyageurs comiquement secoués par les cahots, et dansant devant lui comme des ombres falotes, puis ses yeux s'obscurcirent, sa pensée se voila, et il n'entendit plus que très vaguement geindre l'essieu des roues, et les flancs de la diligence qui se plaignaient...

Subitement, une voix, une voix de vieille fée, enrouée, cassée, fêlée, appela le Tarasconnais par son nom :

« Monsieur Tartarin! monsieur Tartarin!

– Qui m'appelle?

– C'est moi, monsieur Tartarin; vous ne me reconnaissez pas?... Je suis la vieille diligence qui faisait – il y a vingt ans – le service de Tarascon à Nîmes.. Que de fois je vous ai portés, vous et vos amis, quand vous alliez chasser les casquettes du côté de Joncquières ou de Bellegarde!... Je ne vous ai pas remis d'abord, à cause de votre bonnet de

Teur et du corps que vous avez pris; mais sitôt que vous vous êtes mis à ronfler, coquin de bon sort! je vous ai reconnu tout de suite.

– C'est bon! c'est bon! », fit le Tarasconnais un peu vexé.

Puis, se radoucissant :

« Mais enfin, ma pauvre vieille, qu'est-ce que vous êtes venue faire ici?

– Ah! mon bon monsieur Tartarin, je n'y suis pas venue de mon plein gré, je vous assure... Une fois que le chemin de fer de Beaucaire a été fini, ils ne m'ont plus trouvée bonne à rien et ils m'ont envoyée en Afrique... Et je ne suis pas la seule! presque toutes les diligences de France ont été déportées comme moi. On nous trouvait trop réactionnaires, et maintenant nous voilà toutes ici à mener une vie de galère... C'est ce qu'en France vous appelez les chemins de fer algériens. »

Ici la vieille diligence poussa un long soupir; puis elle reprit :

« Ah! monsieur Tartarin, que je le regrette, mon beau Tarascon! C'était alors le bon temps pour moi, le temps de la jeunesse! Il fallait me voir partir le matin, lavée à grande eau et toute luisante avec mes roues vernissées à neuf, mes lanternes qui semblaient deux soleils et ma bâche toujours frottée d'huile! C'est ça qui était beau quand le postillon faisait claquer son fouet sur l'air de : *Lagadigadeou, la Tarasque! la Tarasque!...* et que le conducteur, son piston en bandoulière, sa casquette brodée sur l'oreille, jetant d'un tour de bras son petit chien, toujours furieux, sur la bâche de l'impériale, s'élançait lui-même là-haut, en criant : « Allume! allume! » Alors mes quatre chevaux s'ébranlaient au bruit des grelots, des aboiements, des fanfares, les fenêtres s'ouvraient, et tout Tarascon regardait avec orgueil la diligence détaler sur la grande route royale.

« Quelle belle route, monsieur Tartarin, large, bien entretenue, avec ses bornes kilométriques, ses petits tas de pierres régulièrement espacés, et de droite et de gauche ses jolies plaines d'oliviers et de vignes... Puis, des auberges tous les dix pas, des relais toutes les cinq minutes... Et mes voyageurs, quelles braves gens! des maires et des curés qui allaient à Nîmes voir leur préfet ou leur évêque, de bons taffetassiers qui revenaient du *Mazet* bien honnêtement, des collégiens en vacances, des paysans en blouse brodée, tous frais rasés du matin, et là-haut, sur l'impériale, vous tous, messieurs les chasseurs de casquettes, qui étiez toujours de si bonne humeur, et qui chantiez si bien chacun *la vôtre*, le soir, aux étoiles, en revenant!...

« Maintenant, c'est une autre histoire... Dieu sait les gens que je charrie! un tas de mécréants venus je ne sais d'où, qui me remplissent de vermine, des nègres, des Bédouins, des soudards, des aventuriers de tous les pays, des colons en guenilles qui m'empestent de leurs pipes, et tout cela parlant un langage auquel Dieu le Père ne comprendrait rien... Et puis vous voyez comme on me traite! Jamais brossée, jamais lavée. On me plaint le cambouis[1] de mes essieux... Au lieu de mes gros bons chevaux tranquilles d'autrefois, de petits chevaux arabes qui ont le diable au corps, se battent, se mordent, dansent en courant comme des chèvres, et me brisent mes brancards à coups de pied... Aïe!... aïe!... tenez! Voilà que cela commence... Et les routes! Par ici, c'est encore supportable, parce que nous sommes près du gouvernement; mais là-bas, plus rien, pas de chemin du tout. On va comme on peut, à travers monts et plaines, dans les palmiers nains, dans les lentisques... Pas un seul relais fixe. On arrête au caprice du conducteur, tantôt dans une ferme, tantôt dans une autre.

« Quelquefois ce polisson-là me fait faire un détour de deux lieues pour aller chez un ami boire l'absinthe ou le *champoreau* [1]... Après quoi, fouette, postillon! il faut rattraper le temps perdu. Le soleil cuit, la poussière brûle. Fouette toujours! On accroche, on verse! Fouette plus fort! On passe des rivières à la nage, on s'enrhume, on se mouille, on se noie... Fouette! fouette! fouette!... Puis le soir, toute ruisselante — c'est cela qui est bon à mon âge, avec mes rhumatismes!... — il me faut coucher à la belle étoile, dans une cour de caravansérail ouverte à tous les vents. La nuit, des chacals, des hyènes viennent flairer mes caissons, et les maraudeurs qui craignent la rosée se mettent au chaud dans mes compartiments... Voilà la vie que je mène, mon pauvre monsieur Tartarin, et je la mènerai jusqu'au jour où, brûlée par le soleil, pourrie par les nuits humides, je tomberai — ne pouvant plus faire autrement — sur un coin de méchante route, où les Arabes feront bouillir leur couscous avec les débris de ma vieille carcasse... »

... « Blidah! Blidah! » fit le conducteur en ouvrant la portière.

2

OÙ L'ON VOIT PASSER UN PETIT MONSIEUR

VAGUEMENT, à travers les vitres dépolies par la buée, Tartarin de Tarascon entrevit une place de jolie sous-préfecture, place régulière, entourée d'arcades et plantée d'orangers, au milieu de laquelle de petits soldats de plomb faisaient l'exercice dans la claire brume rose du matin. Les cafés ôtaient leurs volets. Dans un coin, une halle avec des légumes... C'était charmant, mais cela ne sentait pas encore le lion.

« Au sud!... plus au sud! », murmura le bon Tartarin en se renfonçant dans son coin.

A ce moment, la portière s'ouvrit. Une bouffée d'air frais entra, apportant sur ses ailes, dans le parfum des orangers fleuris, un tout petit monsieur en redingote noisette, vieux, sec, ridé, compassé, une figure grosse comme le poing, une cravate en soie noire haute de cinq doigts, une serviette en cuir, un parapluie : le parfait notaire de village.

En apercevant le matériel de guerre du Tarasconnais, le petit monsieur, qui s'était assis en face, parut excessivement surpris et se mit à regarder Tartarin avec une insistance gênante.

On détela, on attela, la diligence partit... Le petit monsieur regardait toujours Tartarin... A la fin, le Tarasconnais prit la mouche.

« Ça vous étonne? fit-il en regardant à son tour le petit monsieur bien en face.

— Non! Ça me gêne », répondit l'autre fort tranquillement; et le fait est qu'avec sa tente-abri, son revolver, ses deux fusils dans leur gaine, son couteau de chasse — sans parler de sa corpulence naturelle —, Tartarin de Tarascon tenait beaucoup de place...

La réponse du petit monsieur le fâcha :

« Vous imaginez-vous par hasard que je vais aller au lion avec votre parapluie? », dit le grand homme fièrement.

Le petit monsieur regarda son parapluie, sourit doucement; puis, toujours avec son même flegme :

« Alors, monsieur, vous êtes?...

— Tartarin de Tarascon, tueur de lions! »

En prononçant ces mots, l'intrépide Tarasconnais secoua comme une crinière le gland de sa *chechia*.

Il y eut dans la diligence un mouvement de stupeur.

Le trappiste se signa, les cocottes poussèrent de petits cris d'effroi, et le photographe d'Orléansville se rapprocha du tueur de lions, rêvant déjà l'insigne honneur de faire sa photographie.

Le petit monsieur, lui, ne se déconcerta pas.

« Est-ce que vous avez déjà tué beaucoup de lions, monsieur Tartarin ? », demanda-t-il très tranquillement.

Le Tarasconnais le reçut de la belle manière :

« Si j'en ai beaucoup tué, monsieur !... Je vous souhaiterais d'avoir seulement autant de cheveux sur la tête. »

Et toute la diligence de rire en regardant les trois cheveux jaunes de Cadet-Roussel qui se hérissaient sur le crâne du petit monsieur.

A son tour le photographe d'Orléansville prit la parole :

« Terrible profession que la vôtre, monsieur Tartarin !... On passe quelquefois de mauvais moments... Ainsi, ce pauvre M. Bombonnel[1]...

– Ah ! oui, le tueur de panthères... fit Tartarin assez dédaigneusement.

– Est-ce que vous le connaissez ? demanda le petit monsieur.

– Té ! pardi... Si je le connais... Nous avons chassé plus de vingt fois ensemble. »

Le petit monsieur sourit :

« Vous chassez donc la panthère aussi, monsieur Tartarin ?

– Quelquefois, par passe-temps... », fit l'enragé Tarasconnais.

Il ajouta, en relevant la tête d'un geste héroïque qui enflamma le cœur des deux cocottes :

« Ça ne vaut pas le lion !

– En somme, hasarda le photographe d'Orléansville, une panthère, ce n'est qu'un gros chat...

– Tout juste ! » fit Tartarin qui n'était pas

fâché de rabaisser un peu la gloire de Bombonnel, surtout devant des dames.

Ici la diligence s'arrêta, le conducteur vint ouvrir la portière et s'adressant au petit vieux :

« Vous voilà arrivé, monsieur », lui dit-il d'un air très respectueux.

Le petit monsieur se leva, descendit, puis avant de refermer la portière :

« Voulez-vous me permettre de vous donner un conseil, monsieur Tartarin ?

– Lequel, monsieur ?

– Ma foi ! écoutez, vous avez l'air d'un brave homme, j'aime mieux vous dire ce qu'il en est... Retournez vite à Tarascon, monsieur Tartarin... Vous perdez votre temps ici... Il reste bien encore quelques panthères dans la province; mais, fi donc, c'est un bien trop petit gibier pour vous... Quant aux lions, c'est fini. Il n'en reste plus en Algérie... mon ami Chassaing vient de tuer le dernier. »

Sur quoi le petit monsieur salua, ferma la portière, et s'en alla en riant avec sa serviette et son parapluie.

« Conducteur, demanda Tartarin en faisant la moue, qu'est-ce c'est donc que ce bonhomme-là ?

– Comment ! vous ne le connaissez pas ? Mais c'est M. Bombonnel. »

3

UN COUVENT DE LIONS

A MILIANAH[1], Tartarin de Tarascon descendit, laissant la diligence continuer sa route vers le sud.

Deux jours de durs cahots, deux nuits passées les yeux ouverts à regarder par la portière s'il n'apercevait pas dans les champs, au bord de la route, l'ombre formidable du lion, tant d'insomnies méritaient bien quelques heures de repos. Et puis, s'il faut tout dire, depuis sa mésaventure avec Bombonnel, le loyal Tarasconnais se sentait mal à l'aise, malgré ses armes, sa moue terrible, son bonnet rouge, devant le photographe d'Orléansville et les deux demoiselles du 3e hussards.

Il se dirigea donc à travers les larges rues de Milianah, pleines de beaux arbres et de fontaines; mais, tout en cherchant un hôtel à sa convenance, le pauvre homme ne pouvait s'empêcher de songer aux paroles de Bombonnel... Si c'était vrai pourtant ? S'il n'y avait plus de lions en Algérie ?... A quoi bon alors tant de courses, tant de fatigues ?...

Soudain, au détour d'une rue, notre héros se trouva face à face... avec qui? Devinez... Avec un lion superbe, qui attendait devant la porte d'un café, assis royalement sur son train de derrière, sa crinière fauve dans le soleil.

« Qu'est-ce qu'ils me disaient donc, qu'il n'y en avait plus? », s'écria le Tarasconnais en faisant un saut en arrière... En entendant cette exclamation, le lion baissa la tête et, prenant dans sa gueule une sébile en bois posée devant lui sur le trottoir, il la tendit humblement du côté de Tartarin immobile de stupeur... Un Arabe qui passait jeta un gros sou dans la sébile; le lion remua la queue... Alors Tartarin comprit tout. Il vit, ce que l'émotion l'avait d'abord empêché de voir, la foule attroupée autour du pauvre lion aveugle et apprivoisé, et les deux grands nègres armés de gourdins qui le promenaient à travers la ville comme un Savoyard sa marmotte.

Le sang du Tarasconnais ne fit qu'un tour : « Misérables, cria-t-il d'une voix de tonnerre, ravaler ainsi ces nobles bêtes! » Et, s'élançant sur le lion, il lui arracha l'immonde sébile d'entre ses royales mâchoires. Les deux nègres, croyant avoir affaire à un voleur, se précipitèrent sur le Tarasconnais, la matraque haute... Ce fut une terrible bousculade... Les nègres tapaient, les femmes piaillaient, les enfants riaient. Un vieux cordonnier juif criait du fond de sa boutique : *« Au zouge de paix! Au zouge de paix! »* Le lion lui-même, dans sa nuit, essaya d'un rugissement, et le malheureux Tartarin, après une lutte désespérée, roula par terre au milieu des gros sous et des balayures.

A ce moment, un homme fendit la foule, écarta les nègres d'un mot, les femmes et les enfants d'un geste, releva Tartarin, le brossa, le secoua, et l'assit tout essoufflé sur une borne.

« Comment! *préïnce*, c'est vous?... fit le bon Tartarin en se frottant les côtes.

– Eh! oui, mon vaillant ami, c'est moi... Sitôt votre lettre reçue, j'ai confié Baïa à son frère, loué une chaise de poste, fait cinquante lieues ventre à terre, et me voilà juste à temps pour vous arracher à la brutalité de ces rustres... Qu'est-ce que vous avez donc fait, juste Dieu! pour vous attirer cette méchante affaire?

– Que voulez-vous, *préïnce*?... De voir ce malheureux lion avec sa sébile aux dents, humilié, vaincu, bafoué, servant de risée à toute cette pouillerie musulmane...

– Mais vous vous trompez, mon noble ami. Ce lion est, au contraire, pour eux un objet de respect et d'adoration. C'est une bête sacrée, qui fait partie d'un grand couvent de lions, fondé, il y a trois cents ans, par Mohammed-ben-Aouda, une espèce de Trappe formidable et farouche, pleine de rugissements et d'odeurs de fauve, où des moines singuliers élèvent et apprivoisent des lions par centaines et les envoient de là dans toute l'Afrique septentrionale, accompagnés des frères quêteurs. Les dons que reçoivent les frères servent à l'entretien du couvent et de sa mosquée; et si les deux nègres ont montré tant d'humeur tout à l'heure, c'est qu'ils ont la conviction que pour un sou, un seul sou de la quête, volé ou perdu par leur faute, le lion qu'ils conduisent les dévorerait immédiatement. »

En écoutant ce récit invraisemblable et pourtant véridique, Tartarin de Tarascon se délectait et reniflait l'air bruyamment.

« Ce qui me va dans tout ceci, fit-il en manière de conclusion, c'est que, n'en déplaise à mons Bombonnel, il y a encore des lions en Algérie !...

– S'il y en a ! dit le prince avec enthousiasme... Dès demain, nous allons battre la plaine du Chéliff, et vous verrez !

– Eh quoi ! prince... Auriez-vous l'intention de chasser, vous aussi ?

– Parbleu ! pensez-vous donc que je vous laisserais vous en aller seul en pleine Afrique, au milieu de ces tribus féroces dont vous ignorez la langue et les usages... Non ! non ! illustre Tartarin, je ne vous quitte plus... Partout où vous serez, je veux être.

– Oh ! *préïnce, préïnce...* »

Et Tartarin, radieux, pressa sur son cœur le vaillant Grégory, en songeant avec fierté qu'à l'exemple de Jules Gérard, de Bombonnel et tous les autres fameux tueurs de lions, il allait avoir un prince étranger pour l'accompagner dans ses chasses.

4

LA CARAVANE EN MARCHE

Le lendemain, dès la première heure, l'intrépide Tartarin et le non moins intrépide prince Grégory, suivis d'une demi-douzaine de portefaix nègres, sortaient de Milianah et descendaient vers la plaine du Chéliff par un raidillon délicieux tout ombragé de jasmins, de thuyas, de caroubiers, d'oliviers sauvages, entre deux haies de petits jardins indigènes et des milliers de joyeuses sources vives qui dégringolaient de roche en roche en chantant... Un paysage du Liban.

Aussi chargé d'armes que le grand Tartarin, le prince Grégory s'était en plus affublé d'un magnifique et singulier képi tout galonné d'or, avec une garniture de feuilles de chêne brodées au fil d'argent, qui donnait à Son Altesse un faux air de général mexicain, ou de chef de gare des bords du Danube.

Ce diable de képi intriguait beaucoup le Tarasconnais; et comme il demandait timidement quelques explications :

« Coiffure indispensable pour voyager en Afrique », répondit le prince avec gravité; et tout en faisant reluire sa visière d'un revers de manche, il renseigna son naïf compagnon sur le rôle important que joue le képi dans nos relations avec les Arabes, la terreur que cet insigne militaire a, seul, le privilège de leur inspirer, si bien que l'administration civile a été obligée de coiffer tout son monde avec des képis, depuis le cantonnier jusqu'au receveur de l'Enregistrement. En somme pour gouverner l'Algérie – c'est toujours le prince qui parle – pas n'est besoin d'une forte tête, ni même de tête du tout. Il suffit d'un képi, d'un beau képi galonné reluisant au bout d'une trique comme la toque de Gessler[1].

Ainsi causant et philosophant, la caravane allait son train. Les portefaix – pieds nus – sautaient de roche en roche avec des cris de singes. Les caisses d'armes sonnaient. Les fusils flambaient. Les indigènes qui passaient s'inclinaient jusqu'à terre devant le képi magique... Là-haut, sur les remparts de Milianah, le chef du bureau arabe, qui se promenait au bon frais avec sa dame, entendant ces bruits insolites, et voyant des armes luire entre les branches, crut à un coup de main, fit baisser le pont-levis, battre la générale, et mit incontinent la ville en état de siège.

Beau début pour la caravane!

Malheureusement, avant la fin du jour, les choses se gâtèrent. Des nègres qui portaient les bagages, l'un fut pris d'atroces coliques pour avoir mangé le sparadrap de la pharmacie. Un autre tomba sur le bord de la route ivre mort d'eau-de-vie camphrée. Le troisième, celui qui portait l'album de voyage, séduit par les dorures des fermoirs, et persuadé qu'il enlevait les trésors de La Mecque, se sauva dans le Zaccar[1] à toutes jambes...

Il fallut aviser... La caravane fit halte, et tint conseil dans l'ombre trouée d'un vieux figuier.

« Je serais d'avis, dit le prince, en essayant, mais sans succès, de délayer une tablette de pemmican dans une casserole perfectionnée à triple fond, je serais d'avis que, dès ce soir, nous renoncions aux porteurs nègres... Il y a précisément un marché arabe tout près d'ici. Le mieux est de nous y arrêter, et de faire emplette de quelques bourriquots...

– Non!... non!... pas de bourriquots!... » interrompit vivement le grand Tartarin, que le souvenir de Noiraud avait fait devenir tout rouge.

Et il ajouta, l'hypocrite :

« Comment voulez-vous que de si petites bêtes puissent porter tout notre attirail? »

Le prince sourit.

« C'est ce qui vous trompe, mon illustre ami. Si maigre et si chétif qu'il vous paraisse, le bourriquot algérien a les reins solides... Il le faut bien pour supporter tout ce qu'il supporte... Demandez plutôt aux Arabes. Voici comment ils expliquent notre organisation coloniale... En haut, disent-ils, il y a *mouci* le gouverneur, avec une grande trique, qui tape sur l'état-major; l'état-major, pour se venger, tape sur le soldat; le soldat tape sur le colon, le colon tape sur l'Arabe, l'Arabe tape sur le nègre, le nègre tape sur le juif, le juif à son tour tape sur le bourriquot; et le pauvre petit bourriquot, n'ayant personne sur qui taper, tend l'échine et porte tout. Vous voyez bien qu'il peut porter vos caisses.

– C'est égal, reprit Tartarin de Tarascon, je trouve que, pour le coup d'œil de notre caravane, des ânes ne feraient pas très bien... Je voudrais quelque chose de plus oriental... Ainsi, par exemple, si nous pouvions avoir un chameau...

– Tant que vous voudrez », fit l'Altesse, et l'on se mit en route pour le marché arabe.

Ce marché se tenait à quelques kilomètres, sur les bords du Chéliff... Il y avait là cinq ou six mille Arabes en guenilles, grouillant au soleil, et trafiquant bruyamment au milieu des jarres d'olives noires, des pots de miel, des sacs d'épices et des cigares en gros tas; de grands feux où rôtissaient des moutons entiers, ruisselant de beurre, des boucheries en plein air, où des nègres tout nus, les pieds dans le sang, les bras rouges, dépeçaient, avec de petits couteaux, des chevreaux pendus à une perche.

Dans un coin, sous une tente rapetassée de mille couleurs, un greffier maure, avec un grand livre et des lunettes. Ici, un groupe, des cris de rage : c'est un jeu de roulette, installé sur une mesure à blé, et des Kabyles qui s'éventrent autour... Là-bas, des trépignements, une joie, des rires : c'est un marchand juif avec sa mule, qu'on regarde se noyer dans le Chéliff... Puis des scorpions, des chiens, des corbeaux; et des mouches!... des mouches!...

Par exemple, les chameaux manquaient. On finit pourtant par en découvrir un, dont des Mozabites cherchaient à se défaire. C'était le vrai chameau du désert, le chameau classique, chauve, l'air triste, avec sa longue tête de bédouin et sa bosse qui, devenue flasque par suite de trop longs jeûnes, pendait mélancoliquement sur le côté.

Tartarin le trouva si beau, qu'il voulut que la caravane entière montât dessus... Toujours la folie orientale!...

La bête s'accroupit. On sangla les malles.

Le prince s'installa sur le cou de l'animal. Tartarin, pour plus de majesté, se fit hisser tout en haut de la bosse, entre deux caisses; et là, fier et bien calé, saluant d'un geste noble tout le marché accouru, il donna le signal du départ. Tonnerre! Si ceux de Tarascon avaient pu le voir!...

Le chameau se redressa, allongea ses grandes jambes à nœuds, et prit son vol...

O stupeur! Au bout de quelques enjambées, voilà Tartarin qui se sent pâlir, et l'héroïque *chechia* qui reprend une à une ses anciennes positions du temps du *Zouave.* Ce diable de chameau tanguait comme une frégate.

« *Préïnce, préïnce,* murmura Tartarin tout blême et s'accrochant à l'étoupe sèche de la bosse, *préïnce,* descendons... Je sens... je sens... que je vais faire bafouer la France... »

Va te promener! le chameau était lancé, et rien ne pouvait plus l'arrêter! Quatre mille Arabes couraient derrière, pieds nus, gesticulant, riant comme des fous, et faisant luire au soleil six cent mille dents blanches...

Le grand homme de Tarascon dut se résigner. Il s'affaissa tristement sur la bosse. La *chechia* prit toutes les positions qu'elle voulut... Et la France fut bafouée.

5

L'AFFÛT DU SOIR DANS UN BOIS DE LAURIERS-ROSES

Si pittoresque que fût leur nouvelle monture, nos tueurs de lions durent y renoncer, par égard pour la *chechia*. On continua donc la route à pied comme devant, et la caravane s'en alla tranquillement vers le sud par petites étapes; le Tarasconnais en tête, le Monténégrin en queue, et dans les rangs le chameau avec les caisses d'armes.

L'expédition dura près d'un mois.

Pendant un mois, cherchant des lions introuvables, le terrible Tartarin erra de douar en douar dans l'immense plaine du Chéliff, à travers cette formidable et cocasse Algérie française, où les parfums du vieil Orient se compliquent d'une forte odeur d'absinthe et de caserne, Abraham et Zouzou mêlés[1], quelque chose de féerique et de naïvement burlesque, comme une page de l'Ancien Testament racontée par le sergent La Ramée ou le brigadier Pitou[2]... Curieux spectacle pour des yeux qui auraient su voir... Un peuple sauvage et pourri, que nous civilisons, en lui donnant nos vices... L'autorité féroce et sans contrôle de bachaghas fantastiques, qui se mouchent gravement dans leurs grands cordons de la Légion d'honneur, et pour un oui ou pour un non font bâtonner les gens sur la plante des pieds. La justice sans conscience de cadis à grosses lunettes, tartufes du Coran et de la loi, qui rêvent de Quinze-Août[1] et de promotion sous les palmes, et vendent leurs arrêts, comme Esaü son droit d'aînesse, pour un plat de lentilles ou de couscous au sucre. Des caïds[2] libertins et ivrognes, anciens brosseurs d'un général Yusuf[3] quelconque, qui se soûlent de champagne avec des blanchisseuses mahonaises, et font des ripailles de mouton rôti, pendant que, devant leurs tentes, toute la tribu crève de faim, et dispute aux lévriers les rogatons de la ribote seigneuriale.

Puis, tout autour, des plaines en friche, de l'herbe brûlée, des buissons chauves, des maquis de cactus et de lentisques, le grenier de la France!... Grenier vide de grains, hélas! et riche seulement en chacals et en punaises. Des douars abandonnés, des tribus effarées qui s'en vont sans savoir où, fuyant la faim, et semant des cadavres le long de la route. De loin en loin, un village français, avec des maisons en ruine, des champs sans culture, des sauterelles enragées, qui mangent jusqu'aux rideaux des fenêtres, et tous les colons dans les cafés en train de boire de l'absinthe en discutant des projets de réforme et de constitution.

Voilà ce que Tartarin aurait pu voir, s'il s'en était donné la peine; mais, tout entier à sa passion léonine, l'homme de Tarascon allait droit devant lui, sans regarder ni à droite ni à gauche, l'œil obstinément fixé sur ces monstres imaginaires, qui ne paraissaient jamais.

Comme la tente-abri s'entêtait à ne pas s'ouvrir et les tablettes de pemmican à ne pas fondre, la caravane était obligée de s'arrêter matin et soir dans les tribus. Partout, grâce au képi du prince Grégory, nos chasseurs étaient reçus à bras ouverts. Ils logeaient chez les agas, dans des palais bizarres, grandes fermes blanches sans fenêtres, où l'on trouve pêle-mêle des narghilés et des commodes en acajou, des tapis de Smyrne et des lampes à modérateur, des coffres de cèdre pleins de sequins turcs, et des pendules à sujets, type Louis-Philippe... Partout on donnait à Tartarin des fêtes splendides, des *diffas*, des *fantasias*... En son honneur, des goums entiers faisaient parler la poudre et luire leurs burnous au soleil. Puis, quand la poudre avait parlé, le bon aga venait et présentait sa note... C'est ce qu'on appelle l'hospitalité arabe...

Et toujours pas de lions. Pas plus de lions que sur le Pont-Neuf !

Cependant le Tarasconnais ne se décourageait pas. S'enfonçant bravement dans le Sud, il passait ses journées à battre le maquis, fouillant les palmiers nains du bout de sa carabine, et faisant « frrt ! frrt ! » à chaque buisson. Puis, tous les soirs avant de se coucher, un petit affût de deux ou trois heures... Peine perdue! le lion ne se montrait pas.

Un soir pourtant, vers les six heures, comme la caravane traversait un bois de lentisques tout violet où de grosses cailles alourdies par la chaleur sautaient çà et là dans l'herbe, Tartarin de Tarascon crut entendre – mais si loin, mais si vague, mais si émietté par la brise – ce merveilleux rugissement qu'il avait entendu tant de fois là-bas à Tarascon, derrière la baraque Mitaine.

D'abord le héros croyait rêver... Mais au bout d'un instant, lointains toujours, quoique plus distincts, les rugissements recommencèrent; et cette fois, tandis qu'à tous les coins de l'horizon on entendait hurler les chiens des douars – secouée par la terreur et faisant retentir les conserves et les caisses d'armes, la bosse du chameau frissonna.

Plus de doute. C'était le lion... Vite, vite, à l'affût. Pas une minute à perdre.

Il y avait tout juste près de là un vieux *marabout* (tombeau de saint) à coupole blanche, avec les grandes pantoufles jaunes du défunt déposées dans une niche au-dessus de la porte, et un fouillis d'ex-voto bizarres, pans de burnous, fils d'or, cheveux roux, qui pendaient le long des murailles... Tartarin de Tarascon y remisa son prince et son chameau et se mit en quête d'un affût. Le prince Grégory voulait le suivre, mais le Tarasconnais s'y refusa; il tenait à affronter le lion seul à seul. Toutefois il recommanda à Son Altesse de ne pas s'éloigner, et, par mesure de précaution, il lui confia son portefeuille, un gros portefeuille plein de papiers précieux et de billets de banque, qu'il craignait de faire écornifler par la griffe du lion. Cela fait, le héros chercha son poste.

Cent pas en avant du marabout, un petit bois de lauriers-roses tremblait dans la gaze du crépuscule, au bord d'une rivière presque à sec. C'est là que Tartarin vint s'embusquer, le genou en terre, selon la formule, la carabine au poing et son grand couteau de chasse planté fièrement devant lui dans le sable de la berge.

La nuit arriva. Le rose de la nature passa au violet, puis au bleu sombre... En bas, dans les cailloux de la rivière, luisait comme un miroir à main une petite flaque d'eau claire. C'était l'abreuvoir des fauves. Sur la pente de l'autre berge, on voyait vaguement le sentier blanc que leurs grosses pattes avaient tracé dans les lentisques. Cette pente mystérieuse donnait le frisson. Joignez à cela le fourmillement vague des nuits africaines, branches frôlées, pas de velours d'animaux rôdeurs, aboiements grêles des chacals, et là-haut, dans le ciel, à cent, deux cents mètres, de grands troupeaux de grues qui passaient avec des cris d'enfants qu'on égorge; vous avouerez qu'il y avait de quoi être ému.

Tartarin l'était. Il l'était même beaucoup. Les dents lui claquaient, le pauvre homme! Et sur la garde de son couteau de chasse planté en terre le canon de son fusil rayé sonnait comme une paire de castagnettes... Qu'est-ce que vous voulez! Il y a des soirs où l'on n'est pas en train, et puis où serait le mérite, si les héros n'avaient jamais peur...

Eh bien ! oui, Tartarin eut peur, et tout le temps encore. Néanmoins, il tint bon une heure, deux heures, mais l'héroïsme a ses limites. Près de lui, dans le lit desséché de la rivière, le Tarasconnais entend tout à coup un bruit de pas, des cailloux qui roulent. Cette fois, la terreur l'enlève de terre. Il tire ses deux coups au hasard dans la nuit, et se replie à toutes jambes sur le marabout, laissant son coutelas debout dans le sable comme une croix commémorative de la plus formidable panique qui ait jamais assailli l'âme d'un dompteur d'hydres.

« A moi, *préïnce*... le lion !... »

Un silence.

« *Préïnce, préïnce*, êtes-vous là ? »

Le prince n'était pas là. Sur le mur blanc du marabout, le bon chameau projetait seul au clair de lune l'ombre bizarre de sa bosse. Le prince Grégory venait de filer en emportant portefeuille et billets de banque... Il y avait un mois que Son Altesse attendait cette occasion.

6

ENFIN !...

Le lendemain de cette aventureuse et tragique soirée, lorsque au petit jour notre héros se réveilla, et qu'il eut acquis la certitude que le prince et le magot étaient réellement partis, partis sans retour, lorsqu'il se vit seul dans cette petite tombe blanche, trahi, volé, abandonné en pleine Algérie sauvage avec un chameau à bosse simple[1] et quelque monnaie de poche pour toute ressource, alors, pour la première fois, le Tarasconnais douta. Il douta du Monténégro, il douta de l'amitié, il douta de la gloire, il douta même des lions; et, comme le Christ à Gethsémani, le grand homme se prit à pleurer amèrement.

Or, tandis qu'il était là pensivement assis sur la porte du marabout, la tête dans ses deux mains, sa carabine entre ses jambes, et le chameau qui le regardait, soudain le maquis d'en face s'écarte et Tartarin, stupéfait, voit paraître, à dix pas devant lui, un lion gigantesque s'avançant la tête haute et poussant des rugissements formidables qui font trembler les murs du marabout tout chargés d'oripeaux et jusqu'aux pantoufles du saint dans leur niche.

Seul, le Tarasconnais ne trembla pas.

« Enfin! », cria-t-il en bondissant, la crosse à l'épaule... Pan!... pan! pfft! pfft! C'était fait... Le lion avait deux balles explosives dans la tête... Pendant une minute, sur le fond embrasé du ciel africain, ce fut un feu d'artifice épouvantable de cervelle en éclats, de sang fumant et de toison rousse éparpillée. Puis tout retomba et Tartarin aperçut... deux grands nègres furieux qui couraient sur lui, la matraque en l'air. Les deux nègres de Milianah!

O misère! c'était le lion apprivoisé, le pauvre aveugle du couvent de Mohammed que les balles tarasconnaises venaient d'abattre.

Cette fois, par Mahom! Tartarin l'échappa belle. Ivres de fureur fanatique, les deux nègres quêteurs l'auraient sûrement mis en pièces, si le Dieu des chrétiens n'avait envoyé à son aide un ange libérateur, le garde champêtre de la commune d'Orléansville arrivant, son sabre sous le bras, par un petit sentier.

La vue du képi municipal calma subitement la colère des nègres. Paisible et majestueux, l'homme à la plaque dressa procès-verbal de l'affaire, fit charger sur le chameau ce qui restait du lion, ordonna aux plaignants comme au délinquant de le suivre, et se dirigea sur Orléansville, où le tout fut déposé au greffe.

Ce fut une longue et terrible procédure!

Après l'Algérie des tribus, qu'il venait de parcourir, Tartarin de Tarascon connut alors une autre Algérie non moins cocasse et formidable, l'Algérie des villes, processive et avocassière. Il connut la judiciaire louche qui se tripote au fond des cafés, la bohème des gens de loi, les dossiers qui sentent l'absinthe, les cravates blanches mouchetées de *champoreau*; il connut les huissiers agréés, les agents d'affaires, toutes ces sauterelles du papier timbré, affamées et maigres, qui mangent le colon jusqu'aux tiges de ses bottes et le laissent déchiqueté feuille par feuille comme un plant de maïs...

Avant tout, il s'agissait de savoir si le lion avait été tué sur le territoire civil ou le territoire militaire. Dans le premier cas, l'affaire regardait le tribunal de commerce; dans le second, Tartarin relevait du conseil de guerre, et, à ce mot de conseil de guerre, l'impressionnable Tarasconnais se voyait déjà fusillé au pied des remparts, ou croupissant dans le fond d'un silo...

Le terrible, c'est que la délimitation des deux territoires est très vague en Algérie... Enfin, après un mois de courses, d'intrigues, de stations au soleil dans les cours des bureaux arabes, il fut établi que si, d'une part, le lion avait été tué sur le territoire militaire, d'autre part Tartarin, lorsqu'il tira, se trouvait sur le territoire civil. L'affaire se jugea donc au civil et notre héros en fut quitte pour *deux mille cinq cents francs* d'indemnité, sans les frais.

Comment payer tout cela? Les quelques piastres échappées à la razzia du prince s'en étaient allées depuis longtemps en papiers légaux et en absinthes judiciaires.

Le malheureux tueur de lions fut donc réduit à vendre la caisse d'armes au détail, carabine par carabine. Il vendit les poignards, les kriss malais, les casse-tête... Un épicier acheta les conserves alimentaires. Un pharmacien, ce qui restait du sparadrap. Les grandes bottes elles-mêmes y passèrent et suivirent la tente-abri perfectionnée chez un marchand de bric-à-brac, qui les éleva à la hauteur de curiosités cochinchinoises... Une fois tout payé, il ne restait plus à Tartarin que la peau du lion et le chameau. La peau, il l'emballa soigneusement et la dirigea sur Tarascon, à l'adresse du brave commandant Bravida. (Nous verrons tout à l'heure ce qu'il advint de cette fabuleuse dépouille.) Quant au chameau, il comptait s'en servir pour regagner Alger, non pas en montant dessus, mais en le vendant pour payer la diligence; ce qui est encore la meilleure façon de voyager à chameau. Malheureusement, la bête était d'un placement difficile, et personne n'en offrit un liard.

Tartarin cependant voulait regagner Alger à toute force. Il avait hâte de revoir le corselet bleu de Baïa, sa maisonnette, ses fontaines, et de se reposer sur les trèfles blancs de son petit cloître, en attendant de l'argent de France. Aussi notre héros n'hésita pas : et navré, mais point abattu, il entreprit de faire la route à pied, sans argent, par petites journées.

En cette occurrence, le chameau ne l'abandonna pas. Cet étrange animal s'était pris pour son maître d'une tendresse inexplicable, et, le voyant sortir d'Orléansville, se mit à marcher religieusement derrière lui, réglant son pas sur le sien et ne le quittant pas d'une semelle.

Au premier moment, Tartarin trouva cela touchant; cette fidélité, ce dévouement à toute épreuve lui allaient au cœur, d'autant que la bête était commode et se nourrissait avec rien. Pourtant, au bout de quelques jours, le Tarasconnais s'ennuya d'avoir perpétuellement sur les talons ce compagnon mélancolique, qui lui rappelait toutes ses mésaventures; puis, l'aigreur s'en mêlant, il lui en voulut de son air triste, de sa bosse, de son allure d'oie bridée. Pour tout dire, il le prit en grippe et ne songea plus qu'à s'en débarrasser; mais l'animal tenait bon... Tartarin essaya de le perdre, le chameau le retrouva; il essaya de courir, le chameau courut plus vite... Il lui criait : « Va-t'en! » en lui jetant des pierres. Le chameau s'arrêtait et le regardait d'un air triste, puis, au bout d'un moment, il se remettait en route et finissait toujours par le rattraper. Tartarin dut se résigner.

Pourtant, lorsque, après huit grands jours de marche, le Tarasconnais poudreux, harassé, vit de loin étinceler dans la verdure les premières terrasses blanches d'Alger, lorsqu'il se trouva aux portes de la ville, sur l'avenue bruyante de Mustapha, au milieu des zouaves, des biskris[1], des Mahonaises, tous grouillant autour de lui et le regardant défiler avec son chameau, pour le coup la patience lui échappa : « Non ! non ! dit-il, ce n'est pas possible... Je ne peux pas entrer dans Alger avec un animal pareil ! » et, profitant d'un encombrement de voitures, il fit un crochet dans les champs et se jeta dans un fossé !...

Au bout d'un moment, il vit au-dessus de sa tête, sur la chaussée de la route, le chameau qui filait à grandes enjambées, allongeant le cou d'un air anxieux.

Alors, soulagé d'un grand poids, le héros sortit de sa cachette et rentra dans la ville par un sentier détourné qui longeait le mur de son petit clos.

7

CATASTROPHES SUR CATASTROPHES

En arrivant devant sa maison mauresque, Tartarin s'arrêta, très étonné. Le jour tombait, la rue était déserte. Par la porte basse en ogive que la négresse avait oublié de fermer, on entendait des rires, des bruits de verres, des détonations de bouchons de champagne, et dominant tout ce joli vacarme une voix de femme qui chantait, joyeuse et claire :

Aimes-tu, Marco la Belle,
La danse aux salons en fleurs...

« Tron de Diou ! », fit le Tarasconnais en pâlissant, et il se précipita dans la cour.

Malheureux Tartarin ! Quel spectacle l'attendait... Sous les arceaux du petit cloître, au milieu des flacons, des pâtisseries, des coussins épars, des pipes, des tambourins, des guitares, Baïa debout, sans veston bleu ni corselet, rien qu'une chemisette de gaze argentée et un grand pantalon rose tendre, chantait *Marco la Belle* avec une casquette d'officier de marine sur l'oreille. A ses pieds, sur une natte, gavé d'amour et de confitures, Barbassou, l'infâme capitaine Barbassou, se crevait de rire en l'écoutant.

L'apparition de Tartarin, hâve, maigri, poudreux, les yeux flamboyants, la *chechia* hérissée, interrompit tout net cette aimable orgie turco-marseillaise. Baïa poussa un petit cri de levrette effrayée, et se sauva dans la maison. Barbassou, lui, ne se troubla pas, et riant de plus belle :

« Hé! bé! monsieur Tartarin, qu'est-ce que vous en dites? Vous voyez bien qu'elle savait le français! »

Tartarin de Tarascon s'avança furieux :

« Capitaine!

– *Digo-li qué vengué, moun bon*[1]*!* » cria la Mauresque, se penchant de la galerie du premier avec un joli geste canaille. Le pauvre homme, atterré, se laissa choir sur un tambour. Sa Mauresque savait même le marseillais!

« Quand je vous disais de vous méfier des Algériennes! fit sentencieusement le capitaine Barbassou. C'est comme votre prince monténégrin... »

Tartarin releva la tête.

« Vous savez où est le prince?

– Oh! il n'est pas loin. Il habite pour cinq ans la belle prison de Mustapha. Le drôle s'est laissé prendre la main dans le sac... Du reste, ce n'est pas la première fois qu'on le met à l'ombre. Son Altesse a déjà fait trois ans de maison centrale quelque part... et, tenez! je crois même que c'est à Tarascon.

– A Tarascon!... s'écria Tartarin subitement illuminé... C'est donc ça qu'il ne connaissait qu'un côté de la ville...

– Hé! sans doute... Tarascon vu de la maison centrale... Ah! mon pauvre monsieur Tartarin, il faut joliment ouvrir l'œil dans ce diable de pays, sans quoi on est exposé à des choses bien désagréables... Ainsi votre histoire avec le muezzin...

– Quelle histoire? Quel muezzin?

– Té! pardi!... le muezzin d'en face qui faisait la cour à Baïa... L'*Akbar* a raconté l'affaire l'autre jour, et tout Alger en rit encore... C'est si drôle ce muezzin qui, du haut de sa tour, tout en chantant ses prières, faisait sous votre nez des déclarations à la petite, et lui donnait des rendez-vous en invoquant le nom d'Allah...

– Mais, c'est donc tous des gredins dans ce pays?... » hurla le malheureux Tarasconnais.

Barbassou eut un geste de philosophe.

« Mon cher, vous savez, les pays neufs... C'est égal! si vous m'en croyez, vous retournerez bien vite à Tarascon...

– Retourner... c'est facile à dire... Et l'argent?... Vous ne savez donc pas comme ils m'ont plumé, là-bas, dans le désert?

– Qu'à cela ne tienne! fit le capitaine en riant... *Le Zouave* part demain, et si vous voulez, je vous rapatrie... ça vous va-t-il, collègue?... Alors, très bien. Vous n'avez plus qu'une chose à faire. Il reste encore quelques fioles de champagne, une moitié de croustade... asseyez-vous là, et sans rancune!... »

Après la minute d'hésitation que lui commandait sa dignité, le Tarasconnais prit bravement son parti. Il s'assit, on trinqua; Baïa, redescendue au bruit des verres, chanta la fin de *Marco la Belle*, et la fête se prolongea fort avant dans la nuit.

Vers trois heures du matin, la tête légère et le pied lourd, le bon Tartarin revenait d'accompagner son ami le capitaine, lorsqu'en passant devant la mosquée, le souvenir du muezzin et de ses farces le fit rire, et tout de suite une belle idée de vengeance lui traversa le cerveau. La porte était ouverte. Il entra, suivit de longs couloirs tapissés de nattes, monta, monta encore, et finit par se trouver dans un petit oratoire turc, où une lanterne en fer découpé se balançait au plafond, brodant les murs blancs d'ombres bizarres.

Le muezzin était là, assis sur un divan, avec son gros turban, sa pelisse blanche, sa pipe de Mostaganem, et devant lui un grand verre d'absinthe fraîche, qu'il battait religieusement, en attendant l'heure d'appeler les croyants à la prière... A la vue de Tartarin, il lâcha sa pipe de terreur.

« Pas un mot, curé, fit le Tarasconnais, qui avait son idée... Vite, ton turban, ta pelisse!... »

Le curé turc, tout tremblant, donna son turban, sa pelisse, tout ce qu'on voulut. Tartarin s'en affubla, et passa gravement sur la terrasse du minaret.

La mer luisait au loin. Les toits blancs étincelaient au clair de lune. On entendait dans la brise marine quelques guitares attardées... Le muezzin de Tarascon se recueillit un moment, puis, levant les bras, il commença à psalmodier d'une voix suraiguë :

« *La Allah il Allah...* Mahomet est un vieux farceur... L'Orient, le Coran, les bachaghas, les lions, les Mauresques, tout ça ne vaut pas un viédase[1] !... Il n'y a plus de *Teurs*. Il n'y a que des carotteurs... Vive Tarascon !... »

Et pendant qu'en un jargon bizarre, mêlé d'arabe et de provençal, l'illustre Tartarin jetait aux quatre coins de l'horizon, sur la mer, sur la ville, sur la plaine, sur la montagne, sa joyeuse malédiction tarasconnaise, la voix claire et grave des autres muezzins lui répondait, en s'éloignant de minaret en minaret, et les derniers croyants de la ville haute se frappaient dévotement la poitrine.

8

TARASCON ! TARASCON !

MIDI. *Le Zouave* chauffe, on va partir. Là-haut, sur le balcon du café Valentin, MM. les officiers braquent la longue-vue, et viennent, colonel en tête, par rang de grade, regarder l'heureux petit bateau qui va en France. C'est la grande distraction de l'état-major... En bas, la rade étincelle. La culasse des vieux canons turcs enterrés le long du quai flambe au soleil. Les passagers se pressent. Biskris et Mahonais entassent les bagages dans les barques.

Tartarin de Tarascon, lui, n'a pas de bagages. Le voici qui descend de la rue de la Marine, par le petit marché, plein de bananes et de pastèques, accompagné de son ami Barbassou. Le malheureux Tarasconnais a laissé sur la rive du Maure sa caisse d'armes et ses illusions, et maintenant il s'apprête à voguer vers Tarascon, les mains dans les poches... A peine vient-il de sauter dans la chaloupe du capitaine, qu'une bête essoufflée dégringole du haut de la place, et se précipite vers lui, en galopant. C'est le chameau, le chameau fidèle, qui, depuis vingt-quatre heures, cherche son maître dans Alger.

Tartarin, en le voyant, change de couleur et feint de ne pas le connaître; mais le chameau s'acharne. Il frétille au long du quai. Il appelle son ami, et le regarde avec tendresse : « Emmène-moi, semble dire son œil triste, emmène-moi dans la barque, loin, bien loin de cette Arabie en carton peint, de cet Orient ridicule, plein de locomotives et de diligences, où – dromadaire déclassé – je ne sais plus que devenir. Tu es le dernier Turc, je suis le dernier chameau... Ne nous quittons plus, ô mon Tartarin... »

« Est-ce que ce chameau est à vous ? demande le capitaine.

– Pas du tout ! » répond Tartarin, qui frémit à l'idée d'entrer dans Tarascon avec cette escorte ridicule; et, reniant impudemment le compagnon de ses infortunes, il repousse du pied le sol algérien, et donne à la barque l'élan du départ... Le chameau flaire l'eau, allonge le cou, fait craquer ses jointures et, s'élançant derrière la barque à corps perdu, il nage de conserve vers *Le Zouave*, avec son dos bombé, qui flotte comme une gourde, et son grand col, dressé sur l'eau en éperon de trirème.

Barque et chameau viennent ensemble se ranger aux flancs du paquebot.

« A la fin, il me fait peine ce dromadaire ! dit le capitaine Barbassou tout ému, j'ai envie de le prendre à mon bord. En arrivant à Marseille, j'en ferai hommage au jardin zoologique. »

On hissa sur le pont, à grand renfort de palans et de cordes, le chameau, alourdi par l'eau de mer, et *Le Zouave* se mit en route.

Les deux jours que dura la traversée, Tartarin les passa tout seul dans sa cabine, non pas que la mer fût mauvaise, ni que la *chechia* eût trop à souffrir, mais le diable de chameau, dès que son maître apparaissait sur le pont, avait autour de lui des empressements ridicules... Vous n'avez jamais vu un chameau afficher quelqu'un comme cela !...

D'heure en heure, par les hublots de la cabine où il mettait le nez quelquefois, Tartarin vit le bleu du ciel algérien pâlir; puis enfin, un matin, dans une brume d'argent, il entendit avec bonheur chanter toutes les cloches de Marseille. On était arrivé... *Le Zouave* jeta l'ancre.

Notre homme, qui n'avait pas de bagages, descendit sans rien dire, traversa Marseille en hâte, craignant toujours d'être suivi par le chameau, et ne respira que lorsqu'il se vit installé dans un wagon de troisième classe, filant bon train sur Tarascon... Sécurité trompeuse ! A peine à deux lieues de Marseille, voilà toutes les têtes aux portières. On crie, on s'étonne. Tartarin, à son tour, regarde, et... qu'aperçoit-il ?... le chameau, monsieur, l'inévitable chameau, qui détalait sur les rails, en pleine Crau, derrière le train, et lui tenant pied. Tartarin, consterné, se rencoigna, en fermant les yeux.

Après cette expédition désastreuse, il avait compté rentrer chez lui incognito. Mais la présence de ce quadrupède encombrant rendait la chose impossible. Quelle rentrée il allait faire! bon Dieu! Pas le sou, pas de lions, rien... Un chameau!...

« Tarascon!... Tarascon!... »

Il fallut descendre...

O stupeur! à peine la *chechia* du héros apparut-elle dans l'ouverture de la portière, un grand cri : « Vive Tartarin! » fit trembler les voûtes vitrées de la gare. « Vive Tartarin! vive le tueur de lions! » Et des fanfares, des chœurs d'orphéon éclatèrent... Tartarin se sentit mourir; il croyait à une mystification. Mais non! tout Tarascon était là, chapeaux en l'air, et sympathique. Voilà le brave commandant Bravida, l'armurier Costecalde, le président, le pharmacien, et tout le noble corps des chasseurs de casquettes qui se presse autour de son chef, et le porte en triomphe tout le long des escaliers...

Singuliers effets du mirage! la peau du lion aveugle, envoyée à Bravida, était cause de tout ce bruit. Avec cette modeste fourrure, exposée au cercle, les Tarasconnais, et derrière eux tout le Midi, s'étaient monté la tête. *Le Sémaphore* avait parlé. On avait inventé un drame. Ce n'était plus un lion que Tartarin avait tué, c'étaient dix lions, vingt lions, une marmelade de lions! Aussi Tartarin, débarquant à Marseille, y était déjà illustre sans le savoir, et un télégramme enthousiaste l'avait devancé de deux heures dans sa ville natale.

Mais ce qui mit le comble à la joie populaire, ce fut quand on vit un animal fantastique, couvert de poussière et de sueur, apparaître derrière le héros, et descendre à cloche-pied l'escalier de la gare. Tarascon crut un instant sa Tarasque revenue.

Tartarin rassura ses compatriotes.

« C'est mon chameau », dit-il.

Et déjà sous l'influence du soleil tarasconnais, ce beau soleil qui fait mentir ingénument, il ajouta, en caressant la bosse du dromadaire :

« C'est une noble bête!... Elle m'a vu tuer tous mes lions. »

Là-dessus, il prit familièrement le bras du commandant, rouge de bonheur; et, suivi de son chameau, entouré des chasseurs de casquettes, acclamé par tout le peuple, il se dirigea paisiblement vers la maison du baobab, et, tout en marchand, il commença le récit de ses grandes chasses :

« Figurez-vous, disait-il, qu'un certain soir, en plein Sahara... »

COMMENTAIRES

par

Louis Forestier

L'originalité de l'œuvre

Lorsque, de Beaucaire, on se dirige vers la rive gauche du Rhône (*Empire,* comme on disait encore au XIXe s.), « il suffit de passer le pont, c'est tout de suite l'aventure ». De l'autre côté du fleuve, en effet, c'est Tarascon où les baobabs sont grands comme des navets, où les chasseurs tirent les casquettes en guise de gibier et où Tartarin est revenu de tout sans jamais y être allé, aussi regarde-t-il le monde du haut de ces nuées où planent les héros et fait-il, « en avançant sa lèvre inférieure, une moue terrible ».

Daudet se sent chez lui dans cette région. Il a passé une partie de son enfance, non loin, à Nîmes; il vient régulièrement rendre visite à Mistral dans cette partie de la Provence qu'il a déjà évoquée dans les *Lettres de mon moulin.* C'est près de Nîmes qu'il va trouver Tartarin... de Tarascon! par le plus grand des hasards. Dans la fin de l'année 1861, Daudet doit s'éloigner de Paris et de sa maîtresse, Marie Rieu. Il ne s'agit pas d'aller soigner une primo-infection, comme on l'a quelquefois pieusement écrit, mais bien de dissimuler les manifestations d'une maladie vénérienne contractée auprès d'une autre femme. *Via* Lyon, l'écrivain gagne Nîmes, où il compte se reposer dans un milieu familial, notamment de sa mère. Le duc de Morny, au cabinet duquel Daudet est employé, lui a accordé un congé qu'il compte passer dans cette campagne méridionale. Or, comme dirait André Breton évoquant un sous-titre du film *Nosferatu,* « quand il fut de l'autre côté du pont, les fantômes vinrent à sa rencontre ». Les fantômes se contentèrent de prendre l'apparence mi-débonnaire, mi-romanesque d'un cousin maternel, Henri Reynaud, *lou cassaïre* (le chasseur). Les deux hommes se grisent tour à tour de rêves exotiques alimentés par une littérature qui va de Fenimore Cooper à Fromentin. Qui décide l'autre? on ne sait et peu importe; toujours est-il que le 19 décembre 1861, ils s'embarquent à Marseille sur *Le Zouave,* comme Tartarin, et, comme lui, débarquent à Alger où ils resteront jusqu'à la fin de février 1862. Emerveillement, excursions, mirage d'un exotisme à bon marché, tout y passe : « Nous faisions, mon compagnon et moi, un beau couple de jobards... Ah! il y croyait celui-là à l'Orient... et à tout ce qu'avaient bien voulu lui raconter ses livres, et que son imagination méridionale lui grandissait encore... Moi, fidèle comme le chameau de mon histoire, je le suivais dans son rêve héroïque; mais, par instants, je doutais un peu... »

La première originalité du livre saute aux yeux : avoir transposé une réalité vécue, un contact éprouvé à la fois dans le ravissement et l'inquiétude de la maladie, en une fantaisie cocasse et débridée qui défie allégrement le bon sens.

Une seconde originalité, pour ne pas dire habileté, c'est de fondre deux images (celle de la Provence et celle de l'Algérie) dont chacune est chargée d'un pouvoir de rêve et de séduction aux yeux du lecteur. Le Midi, c'est un pays à la fois proche et mythique, plein de couleur et d'étrangeté, ne serait-ce que par sa langue : Daudet ne manque pas, au cours de son roman, de souligner cet effet de distanciation par la référence à un certain nombre d'expressions dialectales; l'auteur joue subtilement sur la couleur locale, en même temps que sur le mystère : Tartarin est parfois l'homme que, littéralement, on ne comprend pas. Quant à l'Algérie, elle représente un pays lointain et familier : si les petits Arabes récitent « nos ancêtres les Gaulois », les petits Français mêlent dans leur géographie hexagonale les départements d'Alger, d'Oran et de Constantine. L'essor de la petite colonisation, par les Alsaciens notamment, puis, après la visite de Napoléon III en 1860, l'essor du grand capitalisme colonial faisait de l'Afrique du Nord un territoire ambigu où se confondaient, surtout dans les villes, une extension du Midi méditerranéen et une anticipation de l'Orient. Le comique du roman de Daudet se réfère à ces deux aspects réels de l'Algérie.

Le mélange du rêve et de la réalité, de la sympathie pour Tartarin et de la défiance à l'égard de son modèle et du milieu dans lequel il vit, donne au livre une saveur particulière, un ton unique fait de tendresse et de causticité tout à la fois. Traité sans ménagements, le héros n'en est pas moins l'objet d'attentions amicales; comme l'histoire, comme le petit monde dont il est le centre, il est ridicule et attendrissant. La même ambivalence s'observe dans les descriptions. Daudet ne cesse d'être fidèle à une sorte de réalisme : c'est son charme d'écrivain qui sait voir et faire voir ce qu'il a lui-même observé. Les détails relatifs au paquebot *Le Zouave* sont vrais, et vraie l'évocation de Mustapha et des faubourgs d'Alger. Il y a là d'évidentes « choses vues », comme eût dit Hugo, et bien vues : les faubourgs d'Alger, l'intérieur de l'omnibus. Mais il y a aussi de grands passages, comme la description du port de Marseille, où l'auteur se laisse aller au charme de l'impression et de l'instantané, voire à un certain lyrisme. Daudet s'arrange en artiste de ces tendances contraires comme Tartarin tient balance égale entre son côté Quichotte et son côté Sancho.

Mais le plus amusant, le plus inattendu, c'est l'épopée bouffonne que constitue ce livre. Offenbach avait donné *Orphée aux enfers;* le roman n'avait jusqu'ici rien produit d'équivalent. Daudet ne va pas chercher les dieux de l'Olympe, mais c'est tout comme. Dans sa marche incontrôlée vers le Sud, Tartarin est comme un nouvel Ulysse, jeté hors de son île bienheureuse : sa petite maison avec son baobab! Livré au hasard des voyages et des aventures, sa destinée ne lui appartient pas; il est soumis au caprice du hasard de la même façon que le roi d'Ithaque est livré au bon plaisir des dieux. L'aspect épique est souligné par le style ou les expressions stéréotypées : Tartarin est de Tarascon comme Hélène de Sparte; son aventure le dépasse pour atteindre le mythe et l'exemplarité des légendes : « Si vous entriez, un soir, à la veillée, chez les cafetiers algériens de la ville haute, vous entendriez encore aujourd'hui les Maures causer entre eux, avec des clignements d'yeux et de petits rires, d'un certain Sidi Tart'ri ben Tart'ri, Européen aimable et riche. » Comme dans l'épopée, les personnages sont bien définis et typés; une épithète, quasi constante, les identifie : « le prudent Costecalde ». Mais aussitôt, la caricature et le burlesque interviennent; ainsi l'on parle toujours du « brave commandant Bravida », sans jamais omettre d'ajouter « capitaine d'habillement en retraite ». Daudet nous offre de la gloire militaire une vision dégradée et confinée à la bonneterie pour soldats. Le traitement pompeux de la médiocrité atteint son comble quand l'épithète homérique est transférée à un animal : le « fidèle chameau » est aussi noble que le « fidèle Achate » de Virgile. Entre les deux, l'espace qui sépare le sérieux du bouffon, Offenbach de *La Théogonie.* Avec *Tartarin,* Daudet réussit *La Belle Hélène* de la littérature.

Les personnages

L'arbre-Tartarin cache le reste de la forêt. C'est d'abord lui qu'on voit – avec ses fusils, sa cartouchière et sa tente-abri –, au point qu'on pourrait dire qu'il est le seul personnage du roman. Il est vrai qu'il joue les vedettes abusives; il occupe avec complaisance le devant de la scène, il se compose des attitudes, il se regarde jouer la tragédie. C'est un cabotin. Il est vrai que son nom, dans la bousculade des *t* et des *r,* roule tous les fracas des vieux mélodrames.

D'où vient-il, ce nom de guerre si bien sonnant? On sait seulement qu'avant Tartarin, Daudet avait nommé son héros Barbarin, et même Chapatin. A la toute première origine du personnage, il y a le cousin Reynaud (1820-1895) qui en voulut toujours au romancier de l'avoir peint sous ces dehors ridicules; le brave homme s'ennuyait dans son petit village de Montfrin, près de Nîmes, et compensait la monotonie de sa vie par des excès d'imagination et des orgies de littérature exotique; ou bien, il chassait (voire la casquette!), car c'était un fin tireur. Naturellement, ce brave homme attendrissant et un peu naïf n'est pas le prototype unique de notre héros. Il emprunte, ici ou là, quelques traits à un autre cousin de Daudet, à Bombonnel « le tueur de panthères » ou au terrible Pertuiset « le tueur de lions », dont Manet fit un portrait drôle et hardi.

L'essentiel reste le talent de l'écrivain. Il réussit à en faire un personnage crédible en dépit de ses excès. Tartarin pourrait n'être qu'une marionnette; il échappe à la raideur et garde une humanité sympathique grâce à la vérité de ses contradictions : vaniteux et attendrissant, intrépide et poltron, prudent comme un serpent et plus naïf que l'enfant au berceau. C'est un homme qui, avec une bonne foi désarmante, prend ses rêves pour des réalités. Avec une force qui serait toute poétique, si elle n'avait des implications ridicules, il reconstruit un monde idéal et merveilleux où les casquettes sont du gibier, les portefaix des pirates, et les bourricots des lions. Tout est dans la puissance de l'imaginaire et la cocasserie de son application. Comme le dit bien Daudet, Tartarin est l'homme du mirage.

Auprès de lui, les personnages secondaires paraissent bien pâles. On n'oublie pourtant pas le pharmacien Bézuquet, le brave commandant Bravida ni l'armurier Costecalde. Daudet est allé les chercher dans le petit monde nîmois qu'il connaissait bien; ils s'appelaient respectivement Montégut (encore un cousin!), Fitili et Windisch. Daudet les a schématisés, réduits à un trait de caractère qui sert de faire-valoir aux diverses attitudes de Tartarin. Ils sont les joyeux figurants de la farce.

A côté de ces personnages bien nets et bien typés, il en est d'autres qui apparaissent comme en creux. Ils brillent pour ainsi dire de toute leur absence et n'en sont que plus obsédants; le lion est de ceux-là. Sans doute, un animal de ménagerie et un malheureux lion aveugle traversent le roman; mais le vrai lion, le lion de l'Atlas ne rôde que dans les marges du texte comme un être mythique. Autre présence diffuse et mystérieuse : les fameux *ils* auxquels Tartarin aspire à se mesurer, sans les trouver jamais. Enfin, le narrateur, ce « témoin » de la vie du héros, fait sentir tout au long du livre sa présence masquée; il est à la fois acteur et spectateur, juge et partie. Il se veut historien, mais il se refuse à être impartial.

Le travail de l'écrivain

Dès son retour d'Algérie, Daudet avait imaginé de rédiger pour les quotidiens des chroniques dont il espérait qu'elles donneraient au lecteur une vue originale de l'Afrique du Nord et qu'elles lui fourniraient en même temps des subsides bien venus. De fait, il publia; assez peu, toutefois : « Promenades en Afrique : la Mule du Cadi » (27 décembre 1862), puis « La Petite Ville » (1er février 1864). On retrouvera quelques éléments de ces écrits dans les récits algériens qui, plus tard, trouvèrent place dans les *Lettres de mon moulin* ou les *Contes du lundi.*

Ce qui reste encore difficilement explicable, c'est comment les souvenirs d'un voyage effectué sous le signe de la maladie aboutissent à un récit bouffon et ensoleillé. Le premier signe de cette modification du point de vue est un court récit intitulé « Chapatin, le tueur de lions », paru dans *Le Figaro* du 18 juin 1863. De l'aveu même de Daudet, ce texte n'obtint aucun succès; pourtant, l'essentiel de ce qui constituera la lettre et l'esprit du futur roman est déjà là. Il faudra attendre six ans avant que l'auteur ne reprenne et n'étoffe ces pages. En décembre 1869, *Barbarin de Tarascon* commence à paraître en feuilleton dans *Le Petit moniteur universel du soir.* La publication n'alla pas au-delà de la première partie. C'est *Le Figaro* qui, en février et mars 1870, reprend les épisodes déjà parus et publie l'histoire jusqu'à son terme. Le roman sortit en librairie chez Dentu, en 1872, sous son titre définitif.

Comme à son habitude, Daudet utilisa pour son travail préparatoire des notes jetées sur des carnets. Certaines sont reproduites dans l'édition de la Librairie de France, tome IV. Quant au manuscrit, il semble avoir disparu au moment de l'impression en feuilleton.

Au fur et à mesure que s'affirma le succès de l'ouvrage, la popularité de Tartarin contraignit à lui inventer de nouvelles aventures : ce fut *Tartarin sur les Alpes* (1885), puis *Port-Tarascon* (1890).

Le livre et son public

Le caractère léger, burlesque du roman fait que la critique n'accorde pas au livre toute l'attention qu'il mériterait.

Nous avons vu que les premières versions tombèrent au milieu de l'indifférence générale. Il faut attendre le succès de *Fromont jeune et Risler aîné* (1874) pour que le public découvre l'ensemble de l'œuvre de Daudet et lui fasse un sort favorable.

Ce qu'on admire d'abord, chez le romancier, c'est l'art du syncrétisme, comme le dit Jules Lemaitre :

« De la Provence, de la Corse, de l'Algérie et des mondes divers dont se compose Paris, M. Alphonse Daudet fait de très spirituels mélanges. Il ménage aux civilisations différentes des rencontres impayables. C'est l'histoire du petit Turco Kadour fourvoyé dans la Commune au sortir de l'hôpital, croyant continuer la guerre contre les Allemands et tué par les Versaillais sans y rien comprendre. C'est ce pauvre aga Si-Sliman, décoré par erreur le 15 août, venu à Paris pour réclamer sa décoration, renvoyé de bureau en bureau et salissant son burnous sur les coffres à bois des antichambres, à l'affût d'une audience qui n'arrive jamais. C'est dans *Tartarin de Tarascon,* la jolie esquisse — et combien vraie pour ceux qui ont vu les choses ! – de l'Algérie française, de ce cocasse et fantastique mélange de l'Orient et de l'Occident... quelque chose comme une page de l'Ancien Testament racontée par le sergent La Ramée ou le brigadier Pitou. »

La critique officielle ne s'est pas manifestée pour rendre compte du livre. Tant pis ! Nous avons mieux : une lettre de Gustave Flaubert à Daudet en remerciement de l'envoi du volume (mars 1872) :

« C'est purement et simplement *un chef-d'œuvre* ! Je lâche le mot et je le maintiens. J'ai commencé *Tartarin* dimanche à minuit; il était achevé à deux heures et demie. Tout, absolument tout, m'a diverti. Plusieurs fois, j'ai ri tout haut aux éclats. L'invention du chameau est une merveille qui, bien développée, « couronne l'édifice ». Tartarin sur le minaret, engueulant l'Orient, est sublime. Enfin, votre petit livre me semble avoir la plus grande valeur. Tel est mon avis. »

Flaubert est sensible à ce qu'il y a de démesure comique dans Tartarin; il reconnaît dans le personnage un demi-frère de Bouvard et de Pécuchet, un de ceux qui propagent la saine dérision des idées reçues.

Comment retenir des jugements ? *Tartarin* n'est pas un de ces romans-phares à propos desquels critiques et romanciers s'interrogent de génération en génération. Je retiens donc quelques points de vue récents.

Jacques-Henry Bornecque, à qui nous devons l'essentiel de nos connaissances sur Daudet, insiste sur l'exemplarité du personnage. Au fond, ce bonhomme est, en quelque manière, figure de l'humaine condition (1968) :

« En composant *Tartarin,* Alphonse Daudet avait nourri diverses ambitions : écrire le « roman comique » du Midi et de l'Algérie, et on peut largement le lui accorder, quant au Midi tout au moins, car sa peinture de l'Algérie, influencée en sens contraires par ses partis pris et son tempérament, se révèle à la fois moins continûment comique et plus subtilement poétique qu'il l'avait conçue. Créer un *type*, et là aussi, il a réussi, car Tartarin est devenu un nom commun significatif. Mais quel « type » enfin ? Un nouveau Don Quichotte ? C'est quand même beaucoup dire : si certaines scènes du roman paraissent inspirées de l'esprit de Cervantès, ou se rencontrent avec son œuvre, le caractère de Tartarin est beaucoup moins nuancé que celui de Don Quichotte. S'il en retrouve parfois la verve outrancière ou en copie les mécanismes psychologiques élémentaires, il en demeure aux antipodes morales. »

Le même fin critique ajoute que les deux charmes du roman sont une leçon de réalisme critique (voire de parodie) et un plaisir de poésie chuchotée. On ne peut mieux dire.

Insistant davantage sur l'aspect schématique des personnages, J. Dubois (1978) en saisit le caractère *rétro* et le style *B.D.*, déjà pressenti en 1939 par les illustrations de Dubout :

« Voici donc le Midi et cette dualité de la vision, tantôt moqueuse, tantôt affectueuse, dont on a déjà tant dit. Le mode de composition des œuvres « méridionales » se définit par son caractère fragmentiste. Ou bien le texte se constitue en mosaïque de pièces variées; ou bien, plus continu, il multiplie les petits tableaux traités en esquisses. Presque toujours, la vignette enfantine ou l'aquarelle impressionniste. *Tartarin de Tarascon*, avec son découpage, sa pacotille algérienne, ses caricatures et ses gags puérils, fait songer à quelque bande dessinée du début de siècle, charmante et fanée (œuvre d'un Forton moins cruel que celui des *Pieds nickelés*). »

Paul Guth, enfin, s'interroge (1981) sur l'insuccès de

cette épopée à rebours. Est-ce l'éternel combat du Nord contre le Midi ? Sans le savoir, ou sans le vouloir, le livre exprime peut-être un divorce d'attitudes :

« Daudet, que certains intellectuels à grosse tête traitent aujourd'hui d'*écrivain facile,* est, à ses débuts, une sorte d'auteur maudit. *Tartarin* non plus ne plaît pas. Ce comique laisse les Parisiens de glace. Certains renâclent devant l'épigraphe : « *En France, tout le monde est un peu de Tarascon.* » La France reste coupée en deux blocs : le Nord et le Midi. Le Nord, qui a triomphé depuis l'écrasement des Albigeois, refuse au Midi l'entrée de ses brumes. Pourtant Tartarin est notre don Quichotte. L'impératrice Eugénie, Espagnole de naissance, et plus intelligente qu'on ne l'a dit, l'a vu. Depuis la mort de Victor Hugo le Français n'a plus « *la tête épique* », du moins à Paris. Il l'a encore dans le Midi comme le prouvent Mistral en provençal avec *Mireille,* Daudet, en français, avec *Tartarin.* Mais Paris boude. Paris reste boulevardier, voltairien, sarcastique, raffiné, chiffonné. La bouche « *en chose de poule* », il refuse comme vulgaires les enluminures ensoleillées de Tartarin. L'accent pointu repousse l'accent à l'huile d'olive. »

Phrases clefs, pensées principales

Le lecteur voudra bien admettre que, dans un livre où le burlesque domine, les « pensées principales » doivent être lues avec circonspection et à un second niveau : là où rien n'est grave, tout peut être sérieux. Lorsqu'on isole certaines phrases de *Tartarin,* on aboutit au sottisier de Flaubert et au surréalisme de Breton. Cela ne prouve d'ailleurs rien, sauf la subjectivité du choix.

« Qu'est-ce que Sparte aux temps de sa splendeur? Une bourgade... Qu'est-ce que c'était qu'Athènes? Tout au plus une sous-préfecture... et pourtant dans l'Histoire elles nous apparaissent comme des villes énormes. Voilà ce que le soleil en a fait. »

« Ah! la grande gamelle de popularité, il fait bon s'asseoir devant, mais quel échaudement quand elle se renverse!... »

« C'était à perte de vue un fouillis de mâts, de vergues, se croisant dans tous les sens. Pavillons de tous les pays, russes, grecs, suédois, tunisiens, américains... Les navires au ras du quai, les beauprés arrivant sur la berge comme des rangées de baïonnettes. Au-dessous les naïades, les déesses, les saintes vierges et autres sculptures de bois peint qui donnent leur nom au vaisseau; tout cela mangé par l'eau de mer, dévoré, ruisselant, moisi... De temps en temps, entre les navires, un morceau de mer, comme une grande moire, tachée d'huile... Dans l'enchevêtrement des vergues, des nuées de mouettes faisant de jolies taches sur le ciel bleu, des mousses qui s'appelaient dans toutes les langues. »

« Des chameaux déjà! Les lions ne devaient pas être loin. »

« Malgré tout, le héros pensa que les lions n'étaient pas des diligences. »

« Une intrigue d'amour en Orient, c'est quelque chose de terrible!... »

« Parlez-moi des princes monténégrins pour lever prestement la caille. »

« Demandez plutôt aux Arabes. Voici comment ils expliquent notre organisation coloniale... En haut, disent-ils, il y a *mouci* le gouverneur, avec une grande trique, qui tape sur l'état-major; l'état-major, pour se venger, tape sur le soldat; le soldat tape sur le colon, le colon tape sur l'Arabe; l'Arabe tape sur le nègre, le nègre tape sur le juif, le juif à son tour tape sur le bourriquot; et le pauvre petit bourriquot n'ayant personne sur qui taper, tend l'échine et porte tout. »

« Partout on donnait à Tartarin des fêtes splendides, des *diffas,* des *fantasias...* En son honneur, des goums entiers faisaient parler la poudre et luire leurs burnous au soleil. Puis, quand la poudre avait parlé, le bon aga venait et présentait sa note... C'est ce qu'on appelle l'hospitalité arabe... »

Biographie d'Alphonse Daudet (1840-1897)

1840. – 13 mai. Naissance, à Nîmes, d'Alphonse Daudet, troisième enfant de Vincent et Adeline Reynaud. L'aîné des frères, Henri (1832-1856), séminariste, mourra peu avant son ordination; le second, Ernest (1837-1921), aidera d'abord son père dans l'entreprise familiale, avant de s'installer à Paris et de devenir écrivain; très attentionné pour son frère cadet, il prête beaucoup de ses traits au personnage de Jacques Eyssette. Alphonse est d'abord élevé à Bezouce, près de Nîmes, par un paysan dont la fille lui inspire un vif amour d'enfant. La scolarité du jeune garçon est laissée un peu au hasard.

1849. – La fabrique familiale de tissus périclite de

plus en plus depuis plusieurs années. Vincent Daudet cède finalement les bâtiments à une communauté de carmélites et s'installe à Lyon, avec sa famille, dans l'espoir de rétablir ses affaires. Installation au 5 de la rue Lafont.

1850. – Daudet entre en sixième au lycée Ampère; auparavant, il avait suivi les cours de l'institution Canivet à Nîmes, et pendant un court temps, ceux de la manécanterie de Saint-Pierre-des-Terraux.

1854. – Premiers écrits littéraires perdus : des poèmes, et un roman *(Léo et Chrétienne Fleury).* – Ces années d'adolescence sont très contrastées; elles sont rendues pénibles par le sentiment de grisaille éprouvé à Lyon, par la rigueur et l'insensibilité de la vie scolaire, par la pauvreté familiale; elles sont exaltantes aussi, grâce à une vie de vagabondage, de rêverie et de sensualité menée, en cachette, en compagnie de garçons et de filles de son âge. Des crises religieuses affectent Daudet durant toute cette période.

1857. – La famille Daudet se trouve, décidément, ruinée. Le père entre comme représentant chez des négociants en vins; Ernest travaille comme employé au mont-de-piété, avant de gagner Paris; Alphonse renonce à passer son baccalauréat et décide de travailler. Par l'intermédiaire de son cousin, Louis Daudet, et sur recommandation du recteur et de l'inspecteur d'académie de Nîmes, il est nommé maître d'études au collège d'Alès. Il y reste six mois, de mai à octobre. Cette période est transposée, avec quelques variantes, dans la première partie du *Petit Chose.*

En novembre de cette année, Alphonse gagne

Paris. Il avait été renvoyé du collège pour des motifs où des affaires féminines ont, semble-t-il, leur part; il s'ensuit une tentative de suicide. Daudet est accueilli dans la capitale par son frère Ernest. Il noue une liaison durable et passionnée avec un modèle, Marie Rieu.

1858. – En même temps qu'il collabore à divers journaux, il publie son premier recueil de vers, *Les Amoureuses.*

1859. – Daudet fait la connaissance de Mistral.

1860. – Attaché au secrétariat du duc de Morny, il jouit de libertés suffisantes pour poursuivre son œuvre littéraire.

1861. – Daudet collabore à la *Revue fantaisiste.* En novembre, atteint d'une maladie vénérienne qu'il veut cacher à Marie Rieu, il part pour le Midi. Il prévoit de séjourner à Nîmes auprès de sa famille. La rencontre de son cousin Reynaud (le futur Tartarin) oriente tout autrement le voyage. En décembre, Reynaud et Daudet s'embarquent pour l'Algérie. Visite de la province d'Alger.

1862. – Fin février, Daudet rentre en France. Au début du même mois, sa première pièce est jouée à l'Odéon. A la fin de l'année, séjour en Corse, et publication dans *Le Monde illustré* (27 décembre) de « Promenades en Afrique : la Mule du Cadi ».

1863. – Daudet passe l'été à Fontvieille, près d'Arles, et rassemble notes et impressions pour ce qui deviendra les *Lettres de mon moulin.* Le 18 juin, il publie sans succès, dans *Le Figaro,* « Chapatin, le tueur de lions » : c'est l'embryon de *Tartarin.*

1864. – « La Petite Ville », récit paru en février dans la *Revue nouvelle,* évoque encore l'Algérie.

1865. – La mort du duc de Morny laisse Daudet dans une situation matérielle précaire. Il vit à Clamart, avec des amis artistes, en une sorte de « phalanstère ».

1866. – Daudet vit les heures chaudes de la lutte parnassienne : il écrit, en collaboration, *Le Parnassiculet contemporain,* parodie de la poésie alors en vogue. Au début de l'année, dans un moment de désarroi moral, il se retire près de Nîmes et jette sur le papier la première version du *Petit Chose.*

1867. – En janvier, Daudet épouse Julia Allard; en novembre, naissance de son premier fils, Léon.

1868. – Publication du *Petit Chose;* accueil attentif de la critique et réservé du public.

1869. – (Vraisemblablement :) mort de Marie Rieu. Publication, en volume, des *Lettres de mon moulin;* peu après, en décembre, « Barbarin de Tarascon » commence à paraître dans *Le Petit Moniteur universel du soir.*

1870. – *Le Figaro* reprend les épisodes déjà parus de « Barbarin » et publie l'histoire complète (arrêtée à la première partie, l'année précédente). Daudet est fait chevalier de la Légion d'honneur. Pendant la guerre et le siège de Paris, il est dans la Garde nationale; il quitte la capitale en avril 1871. Voir : *Contes du lundi.*

1872. – *Tartarin de Tarascon; L'Arlésienne,* drame, musique de Bizet.

1873. – *Contes du lundi. Le Bien public* publie cinq textes qui seront incorporés, plus tard, à l'édition définitive des *Lettres.*

1874. – *Fromont jeune et Risler aîné* : c'est le premier grand succès de Daudet.
1876. – *Jack* (Daudet y fustige, au passage, les médiocrités littéraires).
1877. – *Le Nabab* (on y trouve le portrait du duc de Morny).
1879. – *Les Rois en exil.* Edition définitive, augmentée, des *Lettres de mon moulin,* chez l'éditeur Lemerre.
1881. – *Numa Roumestan.* Depuis quelques années, Daudet s'est lié d'amitié avec tout ce que le monde littéraire et artistique compte d'important : Flaubert, Tourgueniev, Goncourt, Zola, Hugo, la princesse Mathilde, Manet, Renoir, Monet, etc.
1883-1884. – *L'Evangéliste; Sapho.* Daudet subit les premières atteintes d'une maladie incurable de la moelle épinière (voir : *La Doulou,* œuvre posthume).
1885. – *Tartarin sur les Alpes* (sera suivi, en 1890, de *Port-Tarascon*).
1888. – *L'Immortel;* ce roman ferme à Daudet les portes de l'Académie française. Cela ne l'empêche pas de rayonner sur les Lettres et, depuis sa maison de Champrosay près de Paris, d'y exercer une réelle influence, surtout sur les jeunes écrivains qui l'intéressent et qu'il encourage (Barrès, Proust). Goncourt fait de Daudet son exécuteur testamentaire et, bien sûr, le désigne comme un des premiers membres de la future académie.
1895. – *La Petite Paroisse; Le Trésor d'Arlatan.*
1897. – *Soutien de famille.* Le 16 décembre, Daudet meurt subitement à Champrosay.

Bibliographie

BERNASCONI, Dominique, « Scipion l'Africain, M. Bibloteau et Tartarin : vision comique d'un mythe », *Gazette des Beaux-arts,* mars 1972.

BORNECQUE, Jacques-Henry, *Les Années d'apprentissage d'Alphonse Daudet,* Nizet, 1951.

BOTTIN-FOURCHOTTE, Colette, « Tartarin enfant terrible de Don Quichotte », *Récifs,* n° 4, 1982.

CAILLAT, J., *Le Voyage d'Alphonse Daudet en Algérie,* Alger, 1924.

DARRAGON, Eric, « Van Gogh, Tartarin et la diligence de Tarascon », *Critique,* n° 416, 1982.

DAUDET, Alphonse, *Œuvres complètes,* 20 vol., Librairie de France, 1929-1931.

DAUDET, Alphonse, *Tartarin de Tarascon,* texte établi avec introduction, chronologie, bibliographie, relevé de variantes et notes par Jacques-Henry Bornecque, Garnier, 1968.

DEGOUMOIS, A., *L'Algérie d'Alphonse Daudet,* Genève, 1922.

HARE, Geoffrey E., *Alphonse Daudet, A critical bibliography,* Londres, Grant and Cutler, 1978-1979.

MARTIN, Georges, « A propos du centenaire de Tartarin », *Bulletin trimestriel des séances de l'Académie de Nîmes,* n° 56, 1er trimestre 1973.

SACHS, Murray, « Alphonse Daudet's *Tartarin* trilogy », *Modern Language Review,* avril 1966.

NOTES

P. 9

1. Gonzague Privat (né en 1843), journaliste, portraitiste, fut longtemps peintre en Algérie. Goncourt le qualifie d'« ancien compagnon des gaietés de Daudet ».

P. 11

1. Le « petit Savoyard » est une figure populaire de la littérature et de la chanson du XIXe siècle. Avant le rattachement de la Savoie à la France (1860), ils quittaient leur pays pour venir exercer de petits métiers, comme cireurs ou commissionnaires.

P. 12

1. Le couteau revolver est une sorte de revolver à baïonnette; le kriss est un poignard à lame ondulée à double tranchant.

P. 13

1. Grand explorateur du XVIIIe siècle (Polynésie, Nouvelle-Calédonie, Nouvelle-Zélande, etc.), Cook (1728-1779) publia le récit de ses voyages qui fut traduit en français dès le début du XIXe siècle. Fenimore Cooper

(1789-1851) connut un vif succès, dès l'époque romantique, avec *Le Dernier des Mohicans* (1826). Moins connu du grand public, Gustave Aimard (1818-1883) avait publié des récits de voyages et d'aventures, notamment sur la vie des trappeurs et sur les Peaux-Rouges (*Les Pirates de la prairie,* 1859).

P. 20

1. *Robert le Diable,* livret de Scribe et Delavigne, musique de Meyerbeer (1831), fut l'un des succès d'opéra les plus notoires du siècle. Ce que chante Mme Bézuquet est ce qu'on appelle, en général, l'air de grâce; il passait, selon les musicologues d'alors, pour être très beau à la scène et conserver « au salon toutes ses qualités mélodiques et son expression pathétique ».

P. 23

1. Lord Seymour (1805-1859), fixé à Paris, s'y distingua par des excentricités sans nombre; le peuple le gratifia du surnom de *Milord l'Arsouille. Roi des Halles* est le sobriquet donné au duc de Beaufort (1616-1669) en raison de la verdeur de son langage et des succès que son audace lui valait auprès de la populace.

P. 29

1. Variété de jeu de cartes présentant des analogies avec le mariage.

P. 33

1. C'est par le traité de Nankin, en 1842, que l'Angleterre la première obtint l'ouverture au commerce de cinq ports chinois, dont Shanghai (que Daudet écrit encore Shang-Haï dans certaines éditions). La France

obtint les mêmes prérogatives au traité de Wanpoah (1844).

P. 36

1. L'aiguille est une mince tige d'acier destinée à frapper l'amorce, dans les fusils se chargeant par la culasse. Le modèle français le plus récent était le chassepot, orgueil de l'état-major (1866).

P. 37

1. Dans la réalité, il se serait agi de la ménagerie Pezon.

2. En 1866 déjà, cet animal était rare. Le général Margueritte, qui fit presque toute sa carrière en Algérie, signale qu'on ne peut trouver que cinq ou six fauves tout au plus à tirer par an.

P. 42

1. Le punch n'a pas bonne réputation dans l'œuvre de Daudet ! Il est synonyme de vantardises, duperies et amitiés douteuses (voir *Le Petit Chose,* partie I, chap. v; et « La Défense de Tarascon » dans les *Contes du Lundi*.)

P. 43

1. Ce n'est pas Cambyse qui périt dans les sables, mais l'armée qu'il avait envoyée pour s'emparer des trésors du temple d'Ammon.

2. Mungo-Park (1771-1806) se rendit célèbre par ses explorations africaines. René Caillé (1799-1838) est l'homme du Sénégal et du Niger; il fut le premier Français à séjourner à Tombouctou, ce fait lui valut une renommée que prolongea son *Journal d'un voyage à Tombouctou (...),* publié en 1830. Livingstone (1813-1873) s'était rendu célèbre par sa tentative de tra-

versée de l'Afrique de l'Atlantique à l'océan Indien; on le crut mort au cours de son voyage et ce n'est qu'en octobre 1871 que la mission Stanley, partie à sa recherche, le retrouva : l'affaire était encore d'actualité quand *Tartarin* parut. Duveyrier (1840-1892) a exploré le Sahara. Le cocasse de toute cette bibliographie est que, finalement, elle ne peut être d'aucune utilité à Tartarin !

P. 45

1. Les mouches cantharides ont une couleur vert doré. On leur prête des propriétés vésicantes et aphrodisiaques.

2. Jules Gérard (1817-1864), dit *le tueur de lions*, a exploré l'Afrique et laissé deux livres qui connurent un certain succès : *La Chasse au lion* (1855) et *Le Tueur de lions* (1858).

P. 52

1. Préparation de viande séchée.

P. 53

1. Au XIXe siècle, on désignait par ce terme un imperméable.

2. Lé vinaigre des quatre-voleurs, dont la formule remonte au temps de la grande peste de Marseille (1720), est une macération d'absinthe, romarin, sauge, menthe, rue, dans l'alcool, le tout additionné de camphre. C'était une médication antiseptique externe et même, pour les intrépides, interne.

P. 54

1. Ouvrière qui dispose les fils de la chaîne à tisser avant sa mise sur le métier. Dans la fabrique de ses

parents, le jeune Daudet avait pu voir à l'œuvre de telles spécialistes.

2. Ce mot mériterait de figurer au dictionnaire des « mots sauvages »... à tous égards! Dans une phonétique méridionale approximative, c'est l'équivalent de Turc. A ma connaissance, il n'est pas autrement attesté.

P. 56

1. Dans le chapitre de *Histoire de mes livres* consacré à *Tartarin,* Daudet raconte que son cousin et lui, débarquant en Algérie, s'étaient affublés de la sorte.

2. Chez plusieurs héros un peu ridicules de Daudet, on observe cette résurgence dégradée d'un rêve rousseauiste.

P. 59

1. C'était, en effet, l'un des paquebots qui assurait la traversée de Marseille à Alger. C'est celui que prirent Daudet et son cousin pour se rendre en Afrique.

P. 60

1. Cabriolet découvert, à deux roues.

P. 61

1. Le saumon de plomb est le lest extérieur d'un bateau à voiles.

P. 62

1. Un peu de géographie marseillaise : les forts Saint-Jean et Saint-Nicolas se dressent de part et d'autre de l'entrée du Vieux-Port (il en est question ici); à proximité, au nord : l'église des Accoules; au sud, celle de Saint-Victor, dite « clef du port de Marseille ». La Major, c'est la cathédrale : sa construction avait commencé en 1852.

P. 65

1. L'Alcazar lyrique de Marseille était un café-concert situé au 50, cours Belsunce.

2. Spécialisé dans les rôles d'un comique un peu épais, Ravel (1814-1881) était, depuis 1868, la vedette du théâtre du Gymnase. Gil Pérès (de son vrai nom Jules-Charles Pérès Jolin, 1827-1882) était un acteur comique en vogue.

P. 67

1. Evocation classique, volontairement tirée vers le cliché. Dans *Au soleil,* Maupassant, arrivé en vue d'Alger, ne s'exprime pas autrement.

P. 70

1. Daudet semble prendre quelque liberté avec la genèse du roman de Cervantès, paru en 1605 : il n'est pas sûr qu'il ait été écrit en captivité.

P. 73

1. L'échaudé est fait d'une pâte légère, pochée à l'eau bouillante et séchée au four. La lorette (du nom du quartier parisien où ces jeunes personnes habitaient par préférence) était une femme vive, élégante et d'abord aisé.

P. 74

1. Bourgade viticole des environs d'Alger. Daudet y a déjà fait référence dans les *Lettres de mon moulin* (Le Livre de Poche, n° 848, p. 184).

P. 75

1. Voiture publique que le conducteur dirige debout.

Ce type de véhicule était alors fort en usage dans le sud de l'Italie.

2. Il est tout à fait exact que des émigrants alsaciens, d'abord désireux de se rendre aux Etats-Unis, se retrouvèrent à cultiver les terres algériennes qu'ils mirent en valeur à partir de 1840. Une deuxième vague d'exilés alsaciens s'installa après 1870.

3. Originaires de Port-Mahon, dans l'île de Minorque.

P. 83

1. Fichu enveloppant la tête et dont les extrémités se nouent sur le front.

2. Dérivation de l'allemand *Der Teufel* : « Diable ! »

P. 93

1. Le Bullier, carrefour de l'Observatoire, et le Casino de Paris, rue Blanche, étaient deux célèbres bals publics où les entraîneuses ne manquaient pas.

2. Le chicard est celui qui se pique de distinction; ici : « vieux beau ».

3. Surnom donné aux tirailleurs africains. Un récit des *Contes du lundi* est intitulé « Le Turco de la Commune ».

P. 96

1. Le Monténégro jouit, au XIXe siècle, d'une faveur suspecte. Sans doute, Napoléon III contribue à l'indépendance de ce pays; sans doute, l'opéra-comique de Nerval – *Les Monténégrins* – bénéficie jusqu'en 1858 d'un beau succès. Il n'empêche : Monténégrin, Brésilien ou autre, c'est pique-assiette, rastaquouère et compagnie... pour l'époque, bien sûr !

P. 104

1. De cette donnée simple et banale Maupassant tirera une admirable nouvelle : « Marroca » (*Mademoiselle Fifi,* Le Livre de Poche, nº 583, p. 51).

P. 105

1. Jeu de cartes proche du poker.

P. 107

1. Objets tressés à partir de la feuille de sparte, graminée.

P. 108

1. Chanson des *Filles de marbre,* drame de Théodore Barrière et Lambert Thiboust (1853).

P. 109

1. *Le Sémaphore,* c'est la grande publication marseillaise à laquelle collabora, entre autres, Zola.

P. 113

1. L'intérieur de la diligence est un motif narratif que Daudet a déjà utilisé (voir « La Diligence de Beaucaire », dans les *Lettres de mon moulin*), que Maupassant reprendra avec succès dans *Boule de Suif* et que Daumier avait vigoureusement transposé dans le domaine pictural. Cette diligence tarasconnaise a inspiré Van Gogh, en 1888 (voir *Lettres à son frère Théo,* octobre 1888).

P. 116

1. Au sens méridional, *plaindre* signifie : « mesurer chichement ».

P. 117

1. Mélange d'eau-de-vie et de café.

P. 121

1. Bombonnel, *le tueur de panthères,* faisait partie du folklore des chasses exotiques. Il avait raconté ses exploits, en 1860, dans un livre remarqué.

P. 123

1. Dans les *Lettres de mon moulin,* un récit est intitulé « A Milianah »; il développe des souvenirs algériens de Daudet.

P. 128

1. La formule est audacieuse : Gessler est le gouverneur qui, en Suisse, exerce un pouvoir despotique au nom de l'Autriche. Il suffit de transposer de la France à l'Algérie.

P. 129

1. Territoire montagneux dans le massif de Milianah.

P. 133

1. Zouzou était le surnom du zouave algérien. Abraham, c'est évidemment la tradition juive.

2. La Ramée vient du *Roman comique* de Scarron : il donne ferme dans l'estocade. Pitou, aventurier et chansonnier, fut rendu célèbre par un roman d'Alexandre Dumas.

P. 134

1. Voir « Un décoré du 15 août », dans les *Contes du lundi.* Daudet fut lui-même décoré un 15 août.

2. Le bachagha correspond à un gouverneur de pro-

vince; le cadi est un juge musulman investi de fonctions civiles et religieuses; le caïd exerce le même pouvoir à l'intérieur d'une tribu.

3. Joseph Vantini, dit le général Yousouf (1810-1866), d'origine italienne, prit une grande part à la conquête de l'Algérie.

P. 139

1. Daudet précise ainsi qu'il s'agit du dromadaire à une bosse, largement répandu dans le Sahel.

P. 143

1. Habitant de Biskra.

P. 146.

1. « Qu'il y vienne, mon vieux! »

P. 149

1. Mot provençal issu de *vit d'âne.* Le terme correspondait, au temps de Daudet, à un juron d'une grossièreté atténuée.

TABLE

PREMIER ÉPISODE

A TARASCON

DEUXIÈME ÉPISODE

CHEZ LES TEURS

TROISIÈME ÉPISODE

CHEZ LES LIONS

COMMENTAIRES

Nouvelles éditions des « classiques »

La critique évolue, les connaissances s'accroissent. Le Livre de Poche Classique *renouvelle, sous des couvertures prestigieuses, la présentation et l'étude des grands auteurs français et étrangers. Les préfaces sont rédigées par les plus grands écrivains ; l'appareil critique, les notes tiennent compte des plus récents travaux des spécialistes.*

Texte intégral

Extrait du catalogue*

ALAIN-FOURNIER

Le Grand Meaulnes 1000

Préface et commentaires de Daniel Leuwers.

BALZAC

Le Père Goriot 757

Préface de F. van Rossum-Guyon et Michel Butor. Commentaires et notes de Nicole Mozet.

Eugénie Grandet 1414

Préface et commentaires de Maurice Bardèche. Notes de Jean-Jacques Robrieux.

La Peau de chagrin 1701

Préface, commentaires et notes de Pierre Barbéris.

BAUDELAIRE

Les Fleurs du mal 677

Préface de Marie-Jeanne Durry. Édition commentée et annotée par Yves Florenne.

DAUDET

Lettres de mon moulin 848

Préface de Nicole Ciravégna.

Contes du lundi 1058

Préface de Louis Nucéra.

DIDEROT

Jacques le fataliste 403

Préface, commentaires et notes de Jacques et A.-M. Chouillet.

DOSTOIEVSKI
Crime et châtiment
T I 1289 - T II 1291
Préface de Nicolas Berdiaeff. Commentaires de Georges Philippenko.

FLAUBERT
Madame Bovary 713
Préface d'Henry de Montherlant. Présentation, commentaires et notes de Béatrice Didier.

LA FAYETTE (Madame de)
La Princesse de Clèves 374
Préface de Michel Butor. Commentaires de Béatrice Didier.

MAUPASSANT
Une vie 478
Préface de Henri Mitterand. Commentaires et notes d'Alain Buisine.

MÉRIMÉE
Colomba et autres nouvelles 1217
Édition établie par Jean Mistler.

Carmen et autres nouvelles 1480
Édition établie par Jean Mistler.

SAND
La Mare au diable 3551
Édition préfacée, commentée et annotée par Pierre de Boisdeffre.

STENDHAL
Le Rouge et le Noir 357
Édition préfacée, commentée et annotée par Victor Del Litto.

VOLTAIRE
Candide et autres contes 657
Édition présentée, commentée et annotée par J. Van den Heuvel.

ZOLA
L'Assommoir 97
Préface de François Cavanna. Commentaires et notes d'Auguste Dezalay.

Germinal 145
Préface de Jacques Duquesne. Commentaires et notes d'Auguste Dezalay.

XXX
Tristan et Iseult 1306
Renouvelé en français moderne, commenté et annoté par René Louis.

** Disponible chez votre libraire.*

Le sigle , placé au dos du volume, indique une nouvelle présentation.

« Composition réalisée en ordinateur par IOTA »

IMPRIMÉ EN FRANCE PAR BRODARD ET TAUPIN
Usine de La Flèche (Sarthe).
LIBRAIRIE GÉNÉRALE FRANÇAISE - 6, rue Pierre-Sarrazin - 75006 Paris.

ISBN : 2 - 253 - 03009 - 0

30/5672/8